OPERAÇÃO IMPENSÁVEL

OPERAÇÃO IMPENSÁVEL
Vanessa Barbara

"Durma, meu repolhinho."
(F. SCOTT FITZGERALD)

Penso com espantosa frequência num documentário exibido pelo Discovery Channel, meses atrás, no qual uma senhora pacata afirmou às câmeras que adorava o marido. Ele era atencioso e gentil. Levava a esposa para acampar, ensinou-lhe o *pasodoble*, cuidava dos poodles do casal e vivia planejando passeios românticos de bicicleta. Ficaram juntos por catorze anos e ela nunca teve motivos para duvidar de sua sinceridade.

Seu nome era Gary e ele posteriormente confessou ser o "Assassino de Green River", um *serial killer* que estrangulou pelo menos 48 mulheres em quase duas décadas de atividade — dezenas delas durante o período conjugal. "A única coisa que estranhei quando fui morar com ele é que não havia tapetes em casa", ela recorda. Os detetives lhe disseram mais tarde que Gary teria usado os tapetes para enrolar os cadáveres.

A história que vou contar aqui não é nem de longe tão extrema, mas tem a ver com a ausência súbita de tapetes e a certeza de que algo não está bem, em algum lugar. Fala de 43 dias e 42 noites de dúvidas, entre madrugadas insones e momentos de calmaria. Este relato é uma tentativa de absorver o que houve.

PERÍODO DE PAZ

Cinco anos antes
24 DE MAIO DE 2006

Ele diria: "Olha o tucano! Corre."

O Tito apontaria a ave com um verdadeiro olhar de pavor — mas qual será o nome para a fobia de tucanos? —, e me puxaria pela mão rumo à área das girafas, dos leões ou da saída, onde soltaria um suspiro e chamaria um táxi.

O Tito tinha medo de tucanos, freiras, baratas e de andar de avião. Eu temia os palhaços, as peças de teatro interativas, os poetas mambembes e os comprimidos de remédio grandes demais. Eu, historiadora, e ele, programador. Eu, agrião, ele, rúcula. Eu, fã de musicais antigos e filmes *noir*, e ele, fã de cinema contemporâneo pós-Coppola. "Juntos formamos a história do cinema", ele dizia. Nossas saladas eram sempre mistas, e evitávamos qualquer tipo de distinção folhosa.

Na primeira vez em que nos vimos, descendo a ladeira após sair de um bar, ele desandou a falar sobre uma teoria segundo a qual "nem todos os anões eram filhos do Nelson Ned, mas muitos o são". Eu não prestei muita atenção porque estava assustada com o grau de extroversão do rapaz, mas aposto que a lógica era rígida e fazia sentido. Sem parar para respirar, ele me falou de estatística, da teoria do caos e do misterioso Tortelvis, cuja missão, "que lhe fora incumbida por alienígenas, era tocar versões em *reggae* do Led Zeppelin, vestido de Elvis". A certa altura, sem que houvesse gancho para tanto, observou que a língua alemã não passava de uma desculpa para cuspir nos outros.

Gesticulando com fartura, ele esbarrava sem querer nas árvores e ralava o cotovelo nos muros.

Tentou me explicar o Paradoxo do Barbeiro: existe uma aldeia onde, todos os dias, um barbeiro faz a barba de todos os homens que não se barbeiam sozinhos e não faz a barba de quem se barbeia sozinho. Dito isto, quem barbeia o barbeiro?

Na linguagem de programação, conforme notas em um guardanapo:

```
barbeia(barbeiro,X) :– homem(X), not (barbeia(X,X))
homem(adao).
```

Assim, a cláusula barbeia(barbeiro,adao) será provada como verdadeira, já que barbeia(adao,adao) não pode ser provado. No entanto, com homem(barbeiro) cria-se uma contradição infinita.

Eu não entendi nada, mas fingi que sim. Tentei argumentar que o barbeiro devia ser barbeado pelo papagaio, que ainda não entrara na história por descuido do narrador, ou então que um profissional especialista em pelos faciais devia ter plena noção da importância dos mesmos para a garbosa apresentação de um ser humano da espécie masculina, recusando-se, portanto, a desbastar sua barba. Conclusão: o barbeiro seria barbudo.

Na mesma noite, Tito se impressionou porque eu sabia a distinção espiritual entre assunção e ascensão, e também quando reproduzi a cena em que Marty McFly grita para o dr. Emmet Brown, pendurado num relógio prestes a ser atingido por um raio: "Eu preciso lhe contar sobre o futuro!", e o doutor pergunta: "O quêêê?"

"O futuro!"

Enquanto o metrô passava direto pela estação, fazendo subir uma nuvem de vento e estardalhaço, eu quis muito lhe contar sobre o futuro: seriam cinco anos juntos, três gatos e duas tartarugas, um tabuleiro de *Twilight Struggle*, paredes forradas de livros, um quebra-cabeça inacabado, um casamento, um divórcio e um abismo. Tito jurou que iria me amar, honrar e respeitar até que um de nós matasse o outro por intoxicação alimentar ou fosse atingido por um bólido de uma fruta-pão. (Ambas as alternativas estiveram próximas de acontecer e teriam sido preferíveis ao que acabou ocorrendo.)

Mas estou apressando as coisas.

11 DE JUNHO DE 2006
DE: LIA
PARA: TITO

Você é celofane! Você é pijama de flanela,
você é chocolate branco, é cheiro de panqueca,
é caneta de ponta fina e dicionário de questões
vernáculas. Você é queijo gratinado e sol de
inverno, é papel em branco e bicicleta. É um
personagem de filme *noir* que narra a história
em *voice over*, é um herói em preto e branco
que sabe rodopiar e usa chapéu, é o Jack Lemmon
escorrendo macarrão na raquete de tênis
para a Shirley MacLaine. É chão de plástico
bolha e teto de planetário. É cadeira de
rodinhas e cambalhota. É um *snorkel* com gaivota
acoplada, é um pão de batata com recheio de
Catupiry, é um sanduíche de atum e uma garrafa
de Guaraná Xereta. É água doce e peixe dourado.
É o meu norte, o meu sul, o meu leste e o meu
oeste, minha semana de trabalho, meu domingo
de festa...

AGOSTO DE 2006

Desde o início, nosso relacionamento foi saudavelmente baseado em ofensas como: "Sua mãe tem a testa lisa" (cumprimento Klingon), "Amofine-se até seu coração estourar" (origem desconhecida), "Você é uma abominação cognitiva" (Marilena Chauí), "E também é acusado de prurido nas mãos!" (Shakespeare, em tradução livre). Ainda mais quando decidimos começar a jogar pinocle — um jogo de cartas praticado em 90% dos asilos norte-americanos, só perdendo para o bingo.

Todas as quartas à noite nos encontrávamos para estudar os aspectos teóricos do pinocle e engatar partidas sangrentas de duração variada. Gritávamos um com o outro e descartávamos cartas boas só para tornar o jogo mais divertido. "Minha mão está parecendo um pé!", ele gritava, jogando tudo para cima e virando a mesa com um chute. Como nas casas de repouso, o vencedor ganhava o privilégio de chacotear o oponente e de roubar seus comprimidos de vitamina C.

"Claro que você vai ser o grande Rei do Pinocle", desdenhei. "Porque eu vou ser a grande Rainha, com o cabelo amontoado no topo da cabeça como um ninho de lesmolisas touvas — e você sabe exatamente quem é que manda nesses casamentos reais. Com um penteado desses, é fácil obter a supremacia de um relacionamento. Você me ofende e eu tiro um canivete suíço do cabelo. Você me chama de torpe e eu saco um tijolo do penteado. Nossas partidas de pinocle serão as mais animadas do bairro."

Com o passar dos anos, eu e Tito competimos em muitas coisas: em jogos de computador e em quebra-cabeças de paisagens alpinas (eu era especialista em completar céus e telhados), em torneios de pingue-pongue, partidas de basquete na sala e jogos de tabuleiro intrincadíssimos com manuais de oitenta páginas.

O melhor deles era *Twilight Struggle*, um jogo sobre a Guerra Fria em que um dos participantes incorpora a União Soviética e o outro, os Estados Unidos. É uma batalha de dominação insidiosa sem um conflito bélico declarado entre os atores principais, o que não os impede de iniciar guerras em regiões isoladas para aumentar sua influência e quem sabe obter o controle de países estrategicamente importantes. O jogo é bem verossímil e, como a Guerra Fria, possui três momentos: *Early War*, em que a URSS ainda está muito forte e o representante do bolchevismo deve utilizar uma estratégia ofensiva, *Mid-War*, mais equilibrada, e *Late War*, em que as circunstâncias são mais favoráveis aos ianques. Há cartas como "João Paulo II", que enfraquece a influência dos russos na Polônia, enquanto "Teologia da Libertação" atrapalha as atividades imperialistas na América do Sul. Pode-se vencer provocando uma guerra termonuclear ou após inúmeros golpes de Estado bem-sucedidos.

Desafiar o Tito era muito engraçado, sobretudo quando ele perdia. Havia intervalos para consultar o manual, gritaria, roubalheira e laços cortados madrugada adentro. Muitas vezes o jogo durava dias e deixávamos o tabuleiro montado sobre a mesa, intacto, para quando houvesse tempo de continuar a partida. Por causa de seu passado militante, ele geralmente escolhia liderar os vermelhos. Quando tirava a carta "Allende", "Fidel" ou "Pacto de Varsóvia", levantava-se ostensivamente da cadeira e entoava a "Internacional", citando frases de Lênin e Trotsky. Eu cantava a "Star-Spangled Banner", apoiava o Plano Marshall e investia pesado na corrida espacial. Tentava suborná-lo com notas de dólares e promessas de passeios à Disneylândia. Boicotava os Jogos Olímpicos promovidos pelos vermelhos. Financiava com alegria os governos militares e os esquadrões da morte na América Latina, dizimando os opositores dos meus regimes e recusando-me a devolver o canal do Panamá.

Para desgosto do Tito, eu ganhava na maioria das vezes e, no final, esmagava o comunismo com minha carta "Margaret Thatcher". Nas poucas vezes em que trocávamos de papel (eu comandava o Exército Vermelho e ele liderava o Mundo Livre), Tito escondia uma carta na manga e imitava Richard Nixon: "*I'm not a crook*" (Não sou um trapaceiro). Depois abria os braços e chacoalhava, feliz, o V da vitória. Eu gostava de vê-lo ganhar. A alegria era contagiante, e ainda hoje escuto a risada do Tito ecoando por todos os cômodos da casa.

Twilight Struggle veio de uma frase de John F. Kennedy, que chamou a Guerra Fria de "uma longa e incerta batalha, que, ano após ano, se alegra na esperança e é paciente nas tribulações — uma luta contra os inimigos comuns do homem: a tirania, a pobreza, a doença e a própria guerra".

Noite após noite, nosso jogo abordou a tensão prolongada entre os dois países, a guerra velada e as relações de poder com os vizinhos. ("Como um casamento!", ele dizia.) Foi uma época de ameaças implícitas e grande tristeza, uma época em que, a todo momento, algo parecia prestes a explodir.

Na conta de muitos historiadores, essa angústia durou 45 anos. Nas minhas contas, foram 43 dias.

22 DE AGOSTO DE 2006
DE: LIA
PARA: TITO

Tito, que fica lindo com luvas de cozinha, vem me contar alguma história comprida sobre amores turcos ou batatas-inglesas, me põe para dormir com as suas mãos enormes e um abraço de nos afundar até o andar de baixo, me dá um beijo salgado e canta uma canção para pentear macacos e adormecer mosquitos. Fecha os olhos junto com os meus e respira fundo, e quando o sono chegar, deixa o seu tênis vermelho debaixo da cama falando de palmilhas e precipícios com a minha sapatilha azulada, o gato espirrando fraco lá fora, as chaves, o isqueiro e o telefone no chão. Me deixa invadir o seu mundo com calças de pijama, limpadores de lente de contato e preguiça, dorme comigo todos os dias e me leva pela mão quando eu me assustar — um pesadelo sobre eu e você que some para sempre quando eu te vejo do meu lado, respirando forte, abrindo os olhos gigantes debaixo de cinco lençóis.

OUTUBRO DE 2006
DE: TITO
PARA: LIA

Uma das nossas principais resoluções para o futuro: confiar menos um no outro e mais num despertador.
P.S.: Levei a batata-doce para passear. Espero que não se importe.

20 DE NOVEMBRO DE 2006
DE: LIA
PARA: TITO

Não sei se é porque eu estou gripada e com frio, e a minha garganta dói e estou triste de não ter ido com você ver o *Ricardo III* (que eu confundo com o II), não sei se é porque eu ouvi "Breathless" e achei um espanto, e vi a seleção de Angola que me partiu o coração, não sei se é porque eu percebi que não consigo mais ver jogos de futebol sem sofrer uma empatia enlouquecedora pelos times mais fracos e por um zagueiro chamado Jamba; não sei se é porque eu fecho os olhos e te vejo sentado no sofá, fumando e assistindo a uma novela de agronegócios, não sei se é porque eu estou assustada, e com gripe, e com fome e com vontade de espirrar, não sei se é porque eu tenho medo, não sei, mas eu sentei hoje no chão do quarto e fiquei quieta, tentando entender, tentando não ter medo, tentando não pensar no Jamba. Eu não consigo deixar de ter medo, Tito, eu não consigo deixar de pensar que estou pulando de cabeça e confiando em você, e isso me assusta, e isso me deixa feliz, e isso me deixa com gripe e confusa. Eu tenho tanto medo.

Por um segundo eu te vi olhando para mim de forma fria, do futuro, e me-chamando-pra--conversar, eu vi você não gostando mais de mim e dizendo isso com os olhos secos. Eu me vi de joelhos apoiada numa privada rosa enquanto você lá fora fumava e me esperava sair. E ouvi as suas justificativas, a sua cabeça dizendo não, eu mordendo os joelhos e sentindo uma onda me levar de baixo para cima enquanto você me apresentava os motivos, eu me vi abandonada e sem nada para me cobrir quando você acendeu a luz. Joguei uma chave no chão e tentei te empurrar, mas não consegui. E além do mais, está frio. Penso em mim encolhida no tapete felpudo do banheiro e as gavetas todas abertas, soluçando

enquanto você checa o relógio e diz que eu devo
partir, que já é tarde, que hoje é aniversário
do seu Francisco e você tem outros compromissos.

   Não escrevo isso para que você me diga
qualquer coisa, não há o que você possa dizer que
já não tenha dito, e disse tão bem, eu só queria
— droga — eu só queria contar para você que dói,
e que isso está comigo sempre e que está doendo
agora, esse meu olhar de morte que espera
a qualquer hora cair a chuva outra vez. (Estamos
sós, meus sapatos sujos — eu e um guarda-chuva
vermelho em plena primavera atômica, a cidade
estranhamente coberta de betume, árvores
respeitáveis impressas em papel-carbono, os
prédios com torcicolo e muros de parque estadual
escocês —, olho para baixo, tentando adivinhar que
horas são, e visto ainda uma capa de chuva tão
longa que não me deixa dançar o twist. Estamos
sós e já é dia, estamos sós e paro de andar
um instante tentando encontrar o fim da rua.)

   Eu queria também que você soubesse — que
é tão cedo para dizer essas coisas, e eu sou tão
burra em fazer isso — a fragilidade do que você
tem nas mãos, a enormidade do envolvimento
que eu tenho com você, a minha falta de jeito,
a vontade que eu tenho de te dizer: cuida de
mim, não me deixa abraçar os joelhos e me sentir
sozinha, e não vai embora. Não vai embora nunca.

L.

DEZEMBRO DE 2006

A gente não parava de falar por um minuto. Nos nossos antológicos jantares, a conversa variava entre empunhaduras de pingue-pongue, Paradoxo de Olbers, Stanley Kubrick e maoismo. O Tito falava dos colegas de trabalho e de reuniões intermináveis nas quais se distraía desenhando líderes soviéticos no caderno, pensando em filmes que a gente tinha de ver e em códigos engraçados que ele gostaria de me mostrar — ele adorava inserir *easter eggs* nos programas que desenvolvia, com piadas internas nossas e observações idiotas para o próximo programador que, azar o dele, precisasse logar no sistema.

Tito vivia nervoso com o trabalho, mas gostava do que fazia e não reclamava de programar até nos fins de semana. Costumava se deitar bem tarde, por volta das três da manhã, numa referência involuntária à citação de Richard Nixon, para quem "o comunismo não dorme; está sempre conspirando, arquitetando, trabalhando". Telefonava para mim todas as tardes, mesmo durante o expediente, e gostava de perguntar se eu tinha uma nova anedota sobre a Guerra Fria para abrilhantar nossas refeições, como esta especialmente tola sobre o Trotsky:

"Ele saiu da sala de reunião em que acabara de romper com o Stálin e, na hora que foi bater a porta, como um bom comunista turrão, não percebeu que ela pesava tipo oito toneladas. Aí ele empurrou com toda a força, mas, segundo duas testemunhas, ela correu devagarinho e se fechou com um singelo *cléc*."

Costumávamos imitar essa cena durante nossas discussões de mentira, terminando as falas com um: "E não me volte mais aqui, ouviu?", e fingindo bater a porta com força, mas apenas a empurrando à *la* Trotsky, com o obrigatório *cléc* final.

Durante a minha pesquisa de mestrado, compilei como presente para o Tito uma série de anedotas que ocorreram com os líderes soviéticos, como essa da porta e outras relativas a tomates escondidos no bolso de Mikoyan. No decorrer do trabalho, encontrei também uma série de piadas correntes na época, cada qual com sua peculiaridade. As piadas sobre Stálin faziam menção à sua crueldade e eram contadas com um forte sotaque da Geórgia; as sobre Kruschev eram impiedosas e o apresentavam como um fazendeiro rude e colérico, dado a palavrões e propenso a tomar decisões idiotas. As piadas sobre Brezhnev aludiam à sua senilidade; as de Gorbachev caçoavam de sua política antialcoolismo; já as de Yeltsin emulavam seu comportamento bêbado e seu discurso engrolado.

Na minha preferida, Brezhnev faz o discurso de abertura da Olimpíada de 1980. Ele toma o papel nas mãos e lê: "O-O-O-O-O." Um assessor cochicha para ele, alarmado: "Não, não! Esse é o logotipo da competição."

Segundo o historiador Roy Medvedev, em consulta à ficha de prisioneiros políticos do stalinismo, 200 mil pessoas foram detidas por contarem piadas contrárias ao regime.

JANEIRO DE 2007
Conversa telefônica

TITO: "Desde que te conheci, não cabe mais nada no meu coração. Você ocupa todos os cantinhos do meu pensamento,

todos os espaços que antes estavam entupidos com linhas de código e tarefas por fazer — agora só sobrou você. A sua chegada foi como uma avalanche."
LIA: "Eu não sou gorda."
TITO: "… A gente faz toda uma declaração e olha o que esta cretina retém."

FEVEREIRO DE 2007

Hoje compramos um sofá novo e começamos a redigir um guia de filmes chamado *O grande livro do cinema*, que se presta a registrar nossas longas incursões cinematográficas por todos os gêneros do cinema mundial. A lista conta com a data da sessão, uma ficha técnica e rigorosa sinopse das obras citadas, além de observações como: "Esta data marca a primeira demonstração de descaso com o aparelho novo de DVD" ou "A primeira queda do controle remoto", assinalando exatamente de quem foi a culpa. É claro que aproveitamos para nos provocar, dando a entender que alguém ali não captou o filme, errou a identidade do assassino ou roncou no meio da projeção.

O grande livro do cinema notabilizou-se por sua irrelevância ímpar, sendo para muitos críticos um verdadeiro compêndio de eventos despidos de interesse histórico, foco, congruência, graça — em suma, um documento digno de ser compartilhado.

Seguem exemplos.

6 DE ABRIL DE 2007
GUERRA E PAZ II (VOYNA I MIR II: NA POLINA ROSTOVA, 1966, SERGEI BONDARCHUK)

Demonstra a força do personagem Pierre como mola mestra da trama, o bonacho mais amado do cinema russo. Moral: nunca peça um galo para depois negá-lo. Seu casamento pode virar canja. Épico vermelho!

7 DE ABRIL DE 2007
GUERRA E PAZ III (VOYNA I MIR III: 1812, 1967, SERGEI BONDARCHUK)

Mais uma vez o personagem Pierre demonstra a que veio, vagando de cartola e óculos por entre os flancos da batalha. E também Bolkonski dá um exemplo de inércia. Grande episódio. Um em cada seis habitantes do mundo participou como figurante, e a obra custou à Mãe Rússia a Guerra Fria. Recursos demais foram gastos e muitos cavalos, desperdiçados. O lumpesinato não aprovou.

12 DE ABRIL DE 2007
GUERRA E PAZ IV (VOYNA I MIR IV: PIERRE BEZUKHOV, 1967, SERGEI BONDARCHUK)

Agora sim, um episódio com o nome do bonacho mais amado da União Soviética: Pierre Bezukhov. Faltou apenas um *"Previously... on Tolstoy"* para situar o espectador desavisado, ou aqueles que demoraram uma semana para ver a última parte. Mais uma vez, o proletariado paga pela produção do filme com o suor de seus tornos, mas ganha como recompensa a gloriosa cena do incêndio de Moscou. Em resumo, o épico é concluído com garbo, a guerra acaba e Pierre sobrevive, o que já era de se esperar, afinal ele é o diretor do filme.

Notas esparsas

"Um terceiro elemento é essencial num casamento, como práticas, hábitos, objetos, artes, instituições, jogos ou pessoas que forneçam um senso de euforia ou alegria conjunta. Cada membro de um casal é independente; ambos se unem em dupla atenção. O sexo não é o caso de um 'terceiro elemento', mas de 'dois em um'. John Keats pode ser um terceiro elemento, ou a Boston Symphony Orchestra, ou a pintura holandesa, ou o xadrez. Para muitos casais, filhos são o terceiro elemento. Jane e eu tínhamos gatos e um cachorro com quem nos ocupar e ralhar — mais tarde, ganhamos cinco netos. Tínhamos nossas tardes de verão no lago, que foi por dez anos nosso terceiro elemento. Depois do cochilo da tarde, apanhávamos livros e lençóis e cruzávamos a Route 4 e o velho trilho de trem rumo a uma encosta escorregadia e íngreme que levava à nossa praia particular em Eagle Pond.

"[...] Mas também havia o pingue-pongue. Quando acrescentamos um novo cômodo a casa — transformando o antigo quarto principal num banheiro com lavanderia —, expandimos o sótão o bastante para poder abrigar uma mesa de pingue-pongue, e por anos disputamos partidas todas as tardes. Jane era perseverante, determinada, implacável, e seu campo de alcance não era tão grande quanto o meu. Eu gostava de chamá-la de 'Tampinha' quando não conseguia rebater uma bola, então seu lance seguinte me atingia no estômago, numa mistura de raiva e impotência. Jogávamos por meia hora sem contar pontos. Outra característica que compartilhávamos era a de não gostar de perder."

(DONALD HALL, *THE BEST DAY THE WORST DAY: LIFE WITH JANE KENYON*)

14 DE ABRIL DE 2007
DE: LIA
PARA: TITO

Só queria que você soubesse que estou aqui do seu lado, sempre, para tudo o que você precisar. Sei que deve estar tão triste e perdido e confuso, mas pensa que a gente vai achar uma saída, a gente vai passar por isso juntos, eu faço o que você precisar e viro a sua secretária poliglota e apareço aí com papéis coloridos para a gente organizar a nossa vida melhor, porque é a *nossa* vida. Pensa que existe uma coisa aqui que não vai acabar nunca e que passa por cima de tudo: eu e você.

É como o Dragão disse para a Espinho: "Você não pode fazer desaparecer as dificuldades do mundo. O que mais você vê?"

Eu vejo a gente botando fogo na colher de pau, correndo para a água gelada gritando BANZAI!, derrubando uma garrafa de vidro às quatro da manhã e rindo das nossas tristezas. Eu vejo você me acompanhando na maratona de rumba e eu assistindo a um filme do Tarkovski do seu lado (Brincadeira! Brincadeira! Prefiro tomar um banho de soda cáustica). Eu vejo o nosso futuro juntos, me vejo do seu lado até o fim, para sempre mesmo, lavando a sua louça e reclamando do sagu nojento e tentando te fazer ficar melhor, todos os dias, porque a gente está junto.

Estou aqui pensando em você bem forte. Saiba que amanhã você pode me passar uma lista de tarefas para fazer, e uma lista de comidas com açúcar para eu levar até aí, e tudo o que quiser de mim, meu pequeno, tudo o que eu puder fazer para te deixar melhor.

Nem que seja cantar com uma voz horrível, ou simplesmente ficar quietinha no seu colo.

L.

15 DE ABRIL DE 2007
A BATALHA DO CHILE I: A INSURREIÇÃO DA BURGUESIA (LA BATALLA DE CHILE: LA LUCHA DE UN PUEBLO SIN ARMAS – PRIMERA PARTE: LA INSURRECCIÓN DE LA BURGUESÍA, 1975, PATRICIO GUZMÁN)

A Lia entendeu errado e apoiou a greve dos mineiros de cobre porque eles eram operários. Depois apoiou a greve dos fiduciários. E o Tito atirou batatas cozidas no Allende. Sessão movimentada, política é assim mesmo.

16 DE ABRIL DE 2007
A BATALHA DO CHILE II: O GOLPE MILITAR (LA BATALLA DE CHILE: LA LUCHA DE UN PUEBLO SIN ARMAS – SEGUNDA PARTE: EL GOLPE DE ESTADO, 1977, PATRICIO GUZMÁN)

O Tito quis pegar em armas durante a sessão. Já a Lia, adepta de soluções pacíficas, tentou parar o vídeo e evitar a "assunção" do general Pinochet. O ovo cozido, entretanto, foi covardemente comido.
 Um dos destaques deste documentário são as suíças dos revolucionários e os bigodes dos democrata-cristãos.
 Durante esta sessão, nasceu a metralhadora de pernas.

20 DE ABRIL DE 2007
DE: LIA
PARA: TITO

Tenha cuidado, meu senhor, com o ciúme!
É um monstro de olhos verdes que debocha
Da carne com que se nutre. Como é feliz o traído
Que, ciente disso, não ama a traidora.
Mas, ai, que minutos infernais não conta
Aquele que adora, ainda que duvide, e suspeite,
Ainda que ame fervorosamente!
(OTELO, WILLIAM SHAKESPEARE)

Meu amor,

Aprendi, por exemplo, que as girafas sentem ciúmes. Que em japonês *Yakimochi o yaku* é ter ciúmes e *Mune ga yakeru* é ter azia. Que para calcular o ciúme do seu amado deve-se medir as orelhas e os pés do referido sujeito e ver se são assimétricos — em caso positivo, ele está mais propenso a ser ciumento no amor do que aqueles que têm os lados iguais. Que o *shih tzu* é um cachorrinho possessivo. Que ciúme é também uma variedade de planta do gênero *Calotropis*, que inclui uma árvore conhecida por bombardeira, e que tem por fruto a maçã-de-sodoma, e que se diz ser a referida no Gênesis da Bíblia. (Neste contexto, esta maçã foi uma tentação do diabo.) Que existe uma simpatia infalível para curar ciúme: é só juntar uma cueca sua e uma calcinha dela, amarrá-las com uma fita vermelha de um metro de comprimento, arrematar o embrulho com sete nós cegos e guardá-lo numa gaveta. É tiro e queda. Aprendi que o sol só vigia um ponto negro: o meu ciúme.
    E que, como diz aquela música do Caetano, sobre toda estrada, sobre toda sala paira, monstruosa, a sombra do ciúme. Que ele tende a piorar depois do casamento, e por isso

é necessário acertar tudo desde cedo. E, por fim, que em Bocage o ciúme era "negro e pestífero", um venenoso fel que arrancava da alma frenéticos gritos de agonia.

Na esfera prática, encontrei algumas dicas da *Capricho* ou da *Moda Moldes* que nos podem ser úteis. São elas:

[...]

7. Muitos terapeutas dizem que alguns casos de ciúme podem ser explicados como um processo de projeção. O ciúme pode resultar de uma vontade de trair, mas atribui ao companheiro a vontade que originalmente é sua.

21 DE ABRIL DE 2007
DE: TITO
PARA: LIA

... Girafas sentem ciúmes?!?

24 DE ABRIL DE 2007
CORPO FECHADO (UNBREAKABLE, 2000, M. NIGHT SHYAMALAN)

Moral da história: o Bruce Willis é responsável por todas as nossas gripes. Já o Samuel L. Jackson devia estar no elenco de *Hair*, pois, neste filme, a juba dele é bem piolhenta.

Tivemos de fazer uma pausa na sessão porque o telefone sem fio tocou e não conseguimos descobrir seu paradeiro. (Era comum que o aparelho seguisse tocando enquanto a gente corria pela casa, remexendo coisas e gritando TÁ QUENTE! TÁ FRIO! Dessa vez, encontramos o pobre telefone debaixo de quatro almofadas, um quibe e dois cobertores, mas já era tarde demais para homenagear o Ivan Lessa, atendendo com um compungido: "Alô, aqui é o Tito, coitado.")

Durante a exibição deste longa-metragem, o mundo foi apresentado ao brigadeiro mais suculento da história humana. "Ficou aerado", declarou uma vítima que, apesar de já ter assistido ao filme, ficou surpresa ao saber quem era o vilão: M. Night Shyamalan. Ele matou os extras de tédio.

28 DE ABRIL DE 2007
SE MEU APARTAMENTO FALASSE (THE APARTMENT, 1960, BILLY WILDER)

"Srta. Kubelik, ninguém chega a segundo-assistente administrativo nesta firma a menos que seja um bom juiz de caráter, e, pelo que sei, você é o máximo. Quer dizer, em termos de decência e em termos de outros termos."

Com esse papo furado, o Tito convidou a Lia para um chá com batatas — e ela caiu feito uma patinha. O referido mancebo usou a tática Jack Lemmon de ser: uma carinha doce, um apartamento bagunçado e o cozimento sistemático de massas. Funcionou em ambos os casos.

O enredo, feito de pequenos momentos, se concentra em C.C. Baxter (Jack Lemmon), pacato funcionário de uma seguradora que mora sozinho num apartamento. Seria uma vida normal, não fosse um detalhe: todas as noites, ele empresta sua chave para que os chefes possam se divertir com as amantes. A notícia se espalha entre os executivos e chega ao diretor da firma, sr. Sheldrake (Fred MacMurray), que aproveita para levar ao apartamento a doce ascensorista Fran Kubelik (Shirley MacLaine). Porém, ele não dá a mínima para a moça que, na véspera de Natal, tenta o suicídio no apartamento — legando a Baxter alguém para cuidar.

Ele compra guardanapos novos, faz café, joga cartas e prepara macarrão com almôndegas para animá-la. Dá para ver que é o dia mais legal da vida dele, sentado ali jogando *gin rummy* (leia-se: pinocle). Enquanto vai buscar o baralho, Lemmon conta o que fez no Natal anterior: jantou cedo numa loja de conveniências, foi ao zoológico e depois voltou para limpar a sujeira da festa do sr. Eichelberger. "Estou bem melhor este ano!", ele exclama, animadíssimo.

Se meu apartamento falasse era o favorito do próprio Billy Wilder. É muito simples e melancólico, um pouco como sua fotografia em preto e branco. É também mais lento que os demais filmes do diretor, que, aliás, tem o porte físico de um jabuti. Aqui, as emoções são suaves, quase sem forças; por exemplo, a tristeza de MacLaine não passa de um espelhinho quebrado que ela gosta de manter na bolsa, pois é o reflexo de como se sente. Ela também diz, em seu momento mais desolador: "Como eu pude ser tão burra? Já devia ter aprendido: se você gosta de um homem casado, não deve usar rímel."

Que filme bonito, meu Deus. Que filme bonito.

Quatro anos antes
MAIO DE 2007
DE: LIA
PARA: TITO

Eu queria poder sempre estar com você quando acontece algo ruim, ou quando o dia está nublado, ou quando o dr. Tottoli telefona, e queria poder assoprar todas essas chatices para longe, para te ver sempre feliz, com aquele sorriso do Haroldo, empolgado e chutando latas imaginárias. Eu me sinto fraca quando você precisa de mim, me sinto inútil, meio bobalhona, mas estou aqui, com você, sempre. Queria poder agradecer o suficiente pelas coisas que você faz por mim e pela paciência enorme que você tem tido com essa fase ruim minha, e queria ter equilíbrio suficiente para não ocupar o seu tempo com essas besteiras, com as minhas inseguranças, minhas angústias, as bobagens todas que me fazem ficar triste. Eu sei que você faz isso com todo o amor do mundo, você cuida de mim, mas é tão injusto ver você sobrecarregado de trabalho e ao mesmo tempo tendo que lidar com o meu desânimo quando deveria estar descansando, lendo *Bone* ou jogando *Twilight Struggle*.

    Você é paciente, gentil, atencioso e ainda por cima é tudo isso o que você é, que eu não consigo nem explicar — acho que dá para perceber como eu fico quando você está contando alguma história ou explicando um teorema relativo a camelos, dá para perceber porque eu fico olhando com a maior admiração do planeta, você é o Tito cheio de mistérios e de surpresas e de coisas pra me ensinar que eu conheci naquela ladeira, aquele que aprendeu milhões de coisas interessantes e sabe tudo sobre a parte mais bonita do mundo, que é a sua. O Tito que digita letrinhas numa tela e catapimba: faz tudo funcionar como que por mágica.

    Mas eu me perdi, opa.

Eu queria dizer, entre tantas outras coisas (é assustador como eu tenho coisas para falar com você: como a questão dos filmes do Leone, uma dúvida sobre despertadores, uma história que eu quero te contar sobre o impávido leão, uma observação à toa sobre o Ronnie Von), enfim, eu queria dizer que estou do seu lado.

O valete de ouros da minha dama de espadas.

Beijos
L.

8 DE JUNHO DE 2007
BATTLESTAR GALACTICA: O PLANO
(BATTLESTAR GALACTICA, 2003, MICHAEL RYMER)

Edward James Olmos ganhou um Emmy por sua atuação como um planeta frio e rochoso. Suas crateras faciais são verossímeis e indicam que ele viu muito *Star Trek* na adolescência. Além de Olmos, este filme conta com um bando de Cylons que são iguaizinhos aos tripulantes terráqueos (exceto Olmos) e armam a maior confusão na dobra espaço-tempo de uma galáxia distante. O mundo inteiro é destruído por causa de um único babaca, que cai de amores por uma loira fatal e, sabiamente, dá a ela todas as senhas do Departamento de Defesa em troca de uma noite tórrida de amor cibernético. Como todas as loiras, ela mata bebês. Como todos os babacas, ele não se importa.

12 DE JUNHO DE 2007
NÚPCIAS REAIS (ROYAL WEDDING, 1951, STANLEY DONEN)

Catorze horas de tolices e sapateado — senhoras e senhores, bem-vindos ao paraíso. Os primeiros noventa minutos desta miraculosa coleção de DVDs, presente de aniversário do Tito para a Lia, são de fato auspiciosos. Neste filme, o cinquentão Fred Astaire é irmão de Jane Powell, com quem dança em um barco balouçante, de lá para cá, embora os outros passageiros do navio continuem eretos. Bowen é uma mulher, digamos, relativamente fácil, que se apaixona por um lorde. Astaire cai de amores por uma dançarina, mas acaba dançando com um cabide. Mais tarde, ele sapateia pelas paredes e pelo teto, com a ajuda de um *cameraman* em uma grua giratória. O filme também traz o título de canção mais comprido da história dos musicais, "How Could You Believe Me When I Said I Loved You, When You Know I've Been A Liar All My Life?" [Como foi que você acreditou quando eu disse que te amava, se sabe muito bem que passei a vida toda mentindo?], em que a mocinha pergunta se ninguém ensinou boas maneiras para Astaire, que responde: "Eu nunca tive mãe. Éramos muito pobres."

17 DE JUNHO DE 2007
DE: LIA
PARA: TITO

Ei, a gente perdeu a "Quinzena de Reclináveis" na Superhome Lar & Center. Melhor que ela, só a "Semana do Porcelanato".
    Mas ainda dá para comprar o CD da Fafá de Belém a R$ 9,99 na Armarinhos Joaldo.
    A propósito, você saberia me dizer o que é uma tonfa? Tem para vender. Está na seção "Equipamentos de Segurança", sob os dizeres "algemas, tonfa, coldre, bafômetro, aparelho de choque, bastão retrátil".
    Em nota não relacionada, fiquei feliz ao saber que você tomou banho. Quem sabe não vira um hábito!

L.

18 DE JUNHO DE 2007
CIDADE DOS SONHOS (MULHOLLAND DRIVE, 2001, DAVID LYNCH)

Onde está a tia Ruth? O que é dito no clube Silencio? Qual é o nome do filme de Adam Kesher? A resposta para essas questões não faz a menor diferença para a compreensão do filme, que foi escrito e dirigido por David Lynch sob o efeito de cogumelos.

Naomi Watts é Laura Harring, que por sua vez age como Adam Kesher e compra um chapéu de caubói. Aliás, o caubói não tem sobrancelhas. Preste atenção. Isso pode ou não se tornar relevante para o espectador. Os amantes de lustres vermelhos irão se rejubilar com o filme. Após a sessão, a plateia foi ler *spoilers* e xingar a moral proba e ilibada da sra. Lynch.

22 DE JUNHO DE 2007
O HOMEM DUPLO (A SCANNER DARKLY, 2006, RICHARD LINKLATER)

Um livro de Philip K. Dick adaptado para a rotoscopia digital (animação sobre filme) com Rory Cochrane totalmente paranoico e Keanu Reeves investigando a si mesmo. Enfim, um grande filme. Todos os personagens são viciados em uma droga esquisita e há uma roupa de múltiplas identidades que transforma Reeves em negro, anão e velhinha. O Tito assistiu ao filme dezessete vezes e teve que deixar os sapatos na videolocadora por ter permanecido com a fita por exatos três meses.

5 DE JULHO DE 2007
GANGUES DE NOVA YORK (GANGS OF NEW YORK, 2002, MARTIN SCORSESE)

Neste filme, Howard Shore decide empurrar o emprego com a barriga e reaproveita os acordes épicos da trilha sonora de *O senhor dos anéis*, a fim de evitar a fadiga. Embora os protagonistas mocinhos causem desgosto, o vilão caolho é um espetáculo. O roteiro é bom, mas às vezes os diálogos dão dor de barriga. Scorsese demonstra sabedoria ao filmar a tristeza de Leo DiCaprio por trás de umas ripas de madeira.

Originalmente, o filme se chamaria *Gangues do Peri*, mas o porteiro Barba, que ainda domina o quadrante leste do Alto da Brasilândia, impediu qualquer menção a seu império de salames e canetas Bic. No entanto, as cenas mais sanguinolentas foram filmadas na rua Agá.

15 DE JULHO DE 2007
DE: LIA
PARA: TITO

Meu querido,
 Acabo de ligar para o cartório com a intenção de confirmar a data da nossa cerimônia de união estável. A escrevente me perguntou: "É o Gledson e a Joselina?"

Sem mais,
L.

2 DE AGOSTO DE 2007
Circular interna n. 493/2007

Comunicado extraordinário

O casal sr. Tito e sra. Lia, ilustres moradores da rua P... e sócios majoritários da Noninoni Empreendimentos Matrimoniais, gostaria de comunicar aos senhores acionistas que doravante nossa *joint venture* é estável, legalmente estabelecida e muito rentável. Nosso contrato possui um portentoso carimbo e está disponível para consulta e eventuais manifestações de protesto no Departamento de Transparência Corporativa, sito no décimo quarto andar deste renomado edifício, aos cuidados do tabelião Tito. Os proclamas serão publicados no órgão oficial *O Verdugo Soviético*. O governo do estado do Amapá já manifestou apoio ao truste, bem como a Secretaria de Fazenda da União, que não só permitiu o enlace, como ofereceu acompanhamento psiquiátrico e isenção de impostos para nos mantermos juntos pelas próximas décadas, sem causar (mais) transtornos para a sociedade.

Ademais, os cônjuges supracitados aproveitam o ensejo para agradecer os votos, as flores e os presentes mui graciosamente ofertados pelos senhores. Esperamos contar com vossos investimentos nesta empreitada audaz e de altíssimo risco, sobretudo no que se refere a incêndios domésticos, explosões inexplicáveis, problemas com o frango assado e total inaptidão para as coisas da vida prática.

Com os mais valorosos protestos de estima e apreço,
T. e L.
P.S.: Casamento mesmo, só no ano que vem. E olhe lá.

13 DE AGOSTO DE 2007
DRÁCULA (BRAM STOKER'S DRACULA, 1992, FRANCIS FORD COPPOLA)

"Opulento, deslumbrante e irresistível", o conde Drácula se distingue dos outros homens pela imortalidade e pelo corte de cabelo. Seu dentista não é dos melhores, mas a dieta rica em hemácias o mantém na estica através dos séculos. Com todas essas qualidades (não vamos mencionar aqui o sorriso de tia velha), ele conquista o coração da mocinha, que ademais não precisa de nenhum estímulo para cometer adultério. Principalmente por ser casada com o Keanu. Todos os atores do filme julgam apropriado falar com um sotaque absolutamente bizarro. Por exemplo: "mucus" e "octopi" são palavras que volta e meia aparecem. Mesmo assim, *Drácula* é um tremendo filme B com moral esquisita e pretensões artísticas.

Enquanto isso, Tito e Lia desenvolvem uma comunicação cada vez mais similar à dos símios ultradesenvolvidos de Kashyyyk.

18 DE AGOSTO DE 2007
LEITES FAZENDA BELO HORIZONTE (MILK!, 2007, STANLEY G. KUBRICK)

Com direção de Stanley "Gado" Kubrick e roteiro de Billy "Zebu" Wilder, *Leites Fazenda Belo Horizonte* é um elegante curta-metragem que conta com as aparições de Cecil B. de Milk, Laticínio Rodrigues, Lando Buzzanca e Mimosa, a cabrita mais talentosa do *star system*. Banido pela produtora e censurado em 55 países, o filme sem cortes apresenta uma ousada cena de ferrugem, mantida pelo diretor.

Sinopse: Uma ambiciosa cabrita decide fazer carreira e empreende uma corajosa jornada rumo ao desconhecido mundo dos lactosos. Com: Mimosa de Oliveira, Lando Buzzanca e grande elenco. Dir.: Stanley G. Kubrick. 11 min, dubl., col.

Assistimos a este filme 3 (três) vezes num domingo à tarde, dada a complexidade do enredo e pretensão artística das cenas. Após a última sessão, o Tito veio com uma teoria sobre as metáforas lácteas do diretor, que teria se inspirado em Tarkovski para compor um mosaico de alusões à religiosidade humana enquanto zzzzzz.

(A Lia não respeita falsos intelectuais.)

19 DE AGOSTO DE 2007

LIA: Hoje recebi o e-mail de um ex-namorado arrependido, querendo conversar.
TITO: Mas que surpresa! E aí, você vai responder?
LIA: Claro que não. Eu queria furar os olhos dele com um abridor de cartas.

25 DE AGOSTO DE 2007
LUDWIG (1972, LUCHINO VISCONTI)

Ludwig é um rei paspalhão que não cuida dos dentes. O filme tem 247 minutos, durante os quais ele só faz bobagem: fica com a mulher errada, constrói castelos onde não vai morar, corteja Richard Wagner e esquece de tomar o remedinho. O que não entendemos é por que, ao falar sobre o filme, as pessoas teimam em repetir que Romy Schneider voltou a fazer Sissi, o que não nos interessa nem um pouco.

Sabe-se que para filmar *Ludwig*, Visconti decretou um Estado independente e então declarou-se rei, daí a autenticidade tanto dos interiores e dos ambientes como das relações de força nas grandes cortes europeias e nos corações dos plebeus. Por ser ele rei e súdito de si e do próprio reino, Visconti confere à sua obra máxima o máximo possível de minutos.

O filme é lento, longo e cheio de portentosos castelos. A Lia adorou, mas sentiu falta de grandes jantares.

23 DE SETEMBRO DE 2007
OS DOZE MACACOS (*TWELVE MONKEYS*, 1995, TERRY GILLIAM)

Em 1932, doze macacos são enviados para o futuro e se transformam em quinze garbosos pudins. Neste filme alemão, Bruce Willis faz uma nuvem e Madeleine Stowe faz uma breve aparição no papel de Abelha #3, ao lado de James Belushi. Já o astro Brad Pitt tem uma de suas melhores atuações como uma margarida.

A Lia é famosa por entender todos os filmes.

19 DE OUTUBRO DE 2007

Nossas viagens eram sempre épicas. Planejávamos com acinte todos os pormenores como data, roteiro, hospedagem e passagem, e no fim concordávamos que seria igualmente bom ficar em casa nos entupindo de sequilhos da marca Kokolitos e assistindo a filmes de zumbi.

    Este ano, passamos duas semanas chuvosas numa ilha isolada da civilização, onde o Tito quase bateu as botas atingido por uma fruta-pão. Estávamos andando por uma trilha quando eu parei para espirrar, o Tito se assustou e interrompeu o passo — no instante exato em que, diante dele, caía um bólido adocicado e gigante. Escapou por questão de centímetros. Gosto de alardear que salvei a vida do Tito com meu espirro, que, aliás, era realmente excêntrico e consistia num fiapo de voz com o som de "tchhhhiiicccaaa", tão engraçado que costumava me fazer engasgar.

    Foi nessa viagem que decidi aprender a nadar e o Tito descobriu que tinha um pé maior que o outro. Não um pouco maior, mas significativamente maior: ele abordava os demais hóspedes da pousada pedindo opiniões e chegou a ser advertido pelo dono sobre essa conduta esquisita. Quando chegavam novos casais na ilha, ele os cumprimentava já tirando o chinelo, e eu pedia: "Tito, não seja esquisito. Por favor, não seja esquisito."

    A gente gostava de correr de mãos dadas rumo à água gelada do mar, de competir com a Família Monstro pelo último gole de iogurte no café da manhã, de reservar o melhor ponto da praia e de agourar um casal de palermas em lua de mel que, segundo as nossas previsões, não durariam mais de seis meses juntos. "Ele já odeia a mulher! Dá para ver nos olhos! E ela é muito chata."

Era como se o resto do mundo pertencesse a uma categoria à parte, aqueles tolos que acordam cedo e se preocupam em fazer pedicure, e que em breve terão casos uns com os outros, arrumarão empregos na iniciativa privada e se divorciarão nas páginas da revista.

Nessa viagem, a família do Armandinho chegou a protocolar uma reclamação a nosso respeito aos donos da pousada. "Não é nada pessoal, mas é que vocês passam a madrugada rindo. Sem parar. Enquanto nós tentamos dormir", justificou o patriarca.

Na sequência veio o Armandinho, que já devia ter uns trinta anos apesar do diminutivo no nome, e confidenciou, em voz baixa: "Não me incomodo com isso, de verdade. Eu só queria saber o que vocês andam tomando."

19 DE NOVEMBRO DE 2007
TRANSFORMERS (2007, MICHAEL BAY)

Um filme de robôs que se transformam em aviões, caminhões, aparelhos de som, celulares e pessoas gordinhas não precisa de maiores apresentações. É impressionante como, em apenas duas horas e 24 minutos, Michael Bay consegue construir um enredo denso, original e quase sem clichês. A mocinha, por exemplo, tem verrugas e é careca. O vilão, por sua vez, é gentil e sabe sapatear. Há uma trama bastante lógica e bem construída envolvendo um cubo, que os robôs desejam recuperar para... para... para terminar o filme.

Após a sessão, sabe-se que Tito assistiu novamente ao longa-metragem, pois não tinha captado a densidade psicológica e a motivação dos robôs.

22 DE DEZEMBRO DE 2007
O LABIRINTO DO FAUNO (*EL LABERINTO DEL FAUNO*, 2006, GUILLERMO DEL TORO)

Categoria "metáfora", ao lado de *O rolo compressor e o violinista* (Andrei Tarkovski, 1960), *O sol* (Aleksandr Sokurov, 2005) e *Mary Poppins*, a obra-prima do medo.

Por meio de uma complexa trama que envolve leite embaixo da cama, ataques de guerrilheiros, um labirinto e um moço com olhos na mão (e mãos nos olhos), o diretor Guillermo del Toro esconde do espectador o óbvio: a personagem principal não é a intragável criancinha, e sim a babá, que representa um lado mais camponês e menos industrial do que as supracitadas babás do supracitado império (industrializado) da Inglaterra.

A Lia não entendeu nada e saiu reclamando do projecionista.

JANEIRO DE 2008
DE: TITO
PARA: LIA

Querida,

Não é por nada, mas acho que devemos interpretar a nossa briga de ontem como um "Kitchen Debate" igualzinho ao que ocorreu entre o Nixon e o Kruschev em 1959, e não só porque se deu na cozinha, diante da panela de pipoca. (Eu devia estar manipulando *strings* e consertando erros de sintaxe, mas estou aqui escrevendo besteiras enquanto finjo acessar o banco de dados. E você devia estar soterrada em fichamentos, mas está aqui lendo e revirando os olhos com a minha tentativa de falar de história.)

    Voltando ao assunto: "Kitchen Debate". Não sei se você se lembra dessa carta do *Twilight Struggle*, mas eu me lembro direitinho: naquela partida, você controlava mais países estratégicos do que eu (pfui!), então sacou essa carta para ganhar dois pontos e me cutucar desafiadoramente no peito.

    O que aconteceu em 1959 foi uma troca de farpas entre os dois líderes mundiais diante de um modelo americano de cozinha repleto de torradeiras, lava-louças e espremedores de fruta. (Acho que não havia pipoqueiras na área.) Em teoria, a visita seria protocolar e sem grandes emoções. A questão é que o primeiro-ministro soviético estava chateado com a proclamação recente, pelo Senado americano, de uma "Semana de Orações pelos Países Prisioneiros da União Soviética", na qual os americanos prometiam rezar pelas pobres almas escravizadas pelo comunismo. Compreensivelmente emputecido, o velho Krusha se pôs a provocar Nixon, que tentou se esquivar várias vezes da briga e disse apenas que "esta televisão a cores é uma das nossas tecnologias mais avançadas". Pode ou não ter havido uma risada sarcástica, ao que Nixon se apressou em dizer que a troca de ideias entre ambos era essencial, afinal Kruschev não sabia de tudo.

Um pouco à minha maneira, o eslavo turrão retrucou: "Se eu não sei de tudo, então você não entende patavinas de comunismo, exceto no que se refere a se borrar de medo de nós." Mais uma vez, Nixon tentou contemporizar e confessou que, em certas tecnologias, os russos estavam à frente dos americanos, mas que em matéria de tevê a cores eles eram superiores. Kruschev discordou com veemência. O americano desabafou: "Você nunca cede em nada mesmo."

Essa frase te lembra alguma coisa?

Mais tarde, Kruschev fez troça das bugigangas americanas, perguntando se eles ainda não tinham inventado uma máquina que botava comida na boca e a empurrava goela abaixo. (Achei essa genial, compensaria fácil a destruição do mundo.) Foi mais ou menos ali que Nixon perdeu a paciência e conferiu o controverso cutucão em Kruschev, rejeitando a insinuação de que nenhum americano da classe trabalhadora teria condições de comprar aquelas bugigangas. "Todos têm", repetiu, indignado.

Nikita embirrou. Alguém tirou uma foto da cena. Imagine tudo isso sendo traduzido por intérpretes.

Para quebrar o climão, Nixon queixou-se de que o adversário monopolizava a conversa e não dava abertura a opiniões contrárias. Minutos depois, comprovando a exatidão dessas palavras, o russo disparou: "Os nossos [*mísseis*] são melhores do que os seus. É você que está querendo competir. Da, da, da."

Minha pequena Lia, você diz o tempo todo que a história tem algo a nos ensinar, e neste caso eu devia ter aprendido. Só o que precisava fazer era olhar para você e encerrar a discussão com a frase: "Mikoyan gosta de sopa apimentada. Eu, não. Isso não significa que nós não nos damos bem."

Beijos
Tito

1º DE FEVEREIRO DE 2008
1900 (*NOVECENTO*, 1976, BERNARDO BERTOLUCCI)

Categoria "Épicos com Burt Lancaster".

Filme simbólico que apenas insinua as coisas difíceis da vida e as agruras do campesinato italiano. O *Mary Poppins* mediterrâneo. A Lia gostou, mas sugeriu ao Bernardo que a próxima versão, *1901*, fosse mais realista. Ela se decepcionou com o final feliz hollywoodiano. Com cinco horas de duração, *1900* é o equivalente, em extensão e conteúdo, a um episódio de *Gilmore Girls*.

Tito rendeu-se às lagrimas e foi flagrado assobiando a "Internacional" com frequência, principalmente na morte do porco. "Lágrimas tem acento", insinuou a representante da burguesia, *porci fascisti figli di troia*.

Deixe-se registrado que a Lia ficou confusa porque todos os personagens tinham bigode.

15 DE FEVEREIRO DE 2008
A VALSA DO IMPERADOR (THE EMPEROR WALTZ, 1948, BILLY WILDER)

Notável exemplar da safra de filmes tolos do diretor, *A valsa do imperador* não consegue escapar da tolice nem por um minuto. A começar pelo enredo: Bing Crosby faz um caixeiro-viajante que tenta vender um gramofone ao imperador da Áustria. No palácio, conhece a condessa Johanna Franziska von Stolzenberg-Stolzenberg (Joan Fontaine), que está tentando cruzar seu poodle com o cão real. Mas o poodle acaba se apaixonando pelo vira-lata do protagonista, o que fatalmente acaba acontecendo também com seus donos.

Seria um enredo típico de comédias românticas dos anos 1940, não fossem os detalhes bizarros: para começar, o filme é narrado por um grupo de insólitas damas da corte. Conta com um imperador velho e sábio, um conde perdulário e um psiquiatra de cães. Os animais uivam de paixão e uma aldeia inteira toca violino para os dois amantes, refugiados numa minúscula ilha.

A Lia, como previsto, bateu palminhas e adorou.

12 DE MARÇO DE 2008

Conversa de café da manhã: o camarada Stálin adorava pregar peças. Ele e Beria costumavam enfiar tomates podres nos bolsos de Mikoyan, depois o empurravam contra a parede só para ouvir o barulho de "plof". O pobre homem passou a levar calças extras para os jantares. Stálin dava risada quando Mólotov sentava num tomate ou Poskrebyshev entornava uma garrafa de vodca cheia de sal, vomitando em seguida. Certa vez, Beria colou um papel com a palavra IDIOTA nas costas de Kruschev, e este não percebeu.

ABRIL DE 2008

A minha aliança é a coisa mais bonita desde a liberação de Paris. É de ouro amarelo e tem um corte ondulado e irregular por toda a extensão da circunferência, não me canso de olhar. Brilha muito e eu gosto de batucar com ela nos balaústres do ônibus ou na mesa, quando estou nervosa. Fomos juntos escolher o modelo na joalheria, mas estava calor e o Tito foi de bermuda e eu, de chinelo. A vendedora nos recebeu com uma cara muito feia. Ainda mais quando perguntamos se as alianças podiam ser de modelos diferentes — ela respondeu que sim, claro, mas nesse caso podiam pensar que éramos casados com outras pessoas. Achamos graça. Então o Tito escolheu um modelo simples para ele e nós dividimos o preço da minha, que era mais cara. Combinamos que ele não precisaria usá-la se não quisesse, e assim foi: só eu usava aliança. Às vezes ele botava no dedo para mostrar como o anel escorregava, incomodava e ficava esquisito. Quando ele dava tchau, a aliança voava uns dois metros.

Não sugeri ajustá-la.

23 DE ABRIL DE 2008
NUNCA TE AMEI (THE BROWNING VERSION, 1951, ANTHONY ASQUITH)

O filme ficou célebre após ter sido relançado com Bud Spencer no papel de Crocker-Harris, Terence Hill como Nigel Patrick e Burt Lancaster como a fria e emocionalmente distante Millie Crocker-Harris, no filme indicado a três Oscar *Um Crocker-Harris, dois Crocker-Harrises*, que por sua vez tornou-se célebre ao trazer para o grande público norte-americano o plural de Crocker-Harris.

Mas antes que essa versão moderna e arrebatadora pudesse conquistar o coração de milhões e abrir caminho para uma carreira próspera e vigorosa da dupla no bangue-bangue à italiana, ofuscando até mesmo Giuliano Gemma, que é possivelmente, e ao lado de Lando Buzzanca, o maior ator italiano de todos os tempos, foi preciso que houvesse o filme original, de onde normalmente os *remakes*, em especial os estrelados por Bud Spencer e Terence Hill, são feitos.

Nesse triângulo amoroso às avessas, onde o amante não quer amar, o marido amado não pode amar (ele é estéril) e a amada de todos não é amada por ninguém, muitas questões são levantadas, mas poucas respondidas. Por exemplo, no discurso final em que o protagonista heroicamente usa o direito de falar por último e matar de tédio até o mais hiperativo dos viciados em torrões de açúcar, não fica claro exatamente o que está acontecendo lá fora.

Colaborou para a incompreensão da trama o fato de Tito ter caído no sono e passado a roncar ruidosamente.

28 DE ABRIL DE 2008
UMA LOURA POR UM MILHÃO (THE FORTUNE COOKIE, 1966, BILLY WILDER)

Mais uma vez, Jack Lemmon é o coitado e Walter Matthau, o cunhado. O pequeno Limão sofre um acidente durante uma partida de beisebol e não machuca uma só covinha, mas Matthau não concorda com tamanha falta de visão empreendedora. O cunhado, que é também advogado, pede 1 milhão de indenização. "Você conhece o Willie. Ele encontraria uma brecha jurídica nos Dez Mandamentos."

A ex-esposa do Limão também decide se aproveitar da situação e volta para cuidar do homem. O enredo lembra um pouco o relacionamento entre Lia e Tito, já que este último se aproveita repetidamente da genialidade de sua cara-metade para montar quebra-cabeças de mil peças, sobretudo a parte dos telhadinhos.

Após uma determinada tomada, Wilder, com seu humor ácido, diz a Matthau: "Ótimo. Estamos no caminho certo para algo absolutamente medíocre."

Mais uma vitória de Billy Wilder sobre os filmes com cavalos e títeres (ref. Tarkovski).

Três anos antes
24 DE MAIO DE 2008
Caça ao Tesouro de aniversário de namoro

Pista inicial: em 24 de maio de 2006, espíritos malignos lançaram uma maldição sobre a Terra. Durante 24 meses, o planeta foi condenado a conviver com a peste, a fome, o tifo, a guerra e o casal do 141. Na septingentésima vigésima oitava noite após a maldição, no vigésimo quarto dia do décimo segundo mês, uma fenda temporal foi aberta. Nesse dia, um sopro de vento (com um estranho aroma de *polpetone*) revelou as partes de um velho mapa perdido.

Seguem outras quinze pistas das mais variadas compleições e formatos.

28 DE JUNHO DE 2008
GODZILLA: BATALHA FINAL (GOJIRA: FAINARU UÔZU, 2004, RYUHEI KITAMURA)

Mais um filme que faz o espectador refletir. No caso: o que fiz para merecer isso? Por que continuo assistindo? Qual o sentido do sofrimento? Um deus benevolente permitiria tamanha atrocidade?

A primeira hora de filme é suportável em um dia especialmente tolerante. Depois, só miséria e dor. Não sabemos explicar por que continuamos acompanhando esta obra-prima do horror, mas os vinte minutos finais (ou quarenta? ou dois dias?) foram abreviados pelo controle remoto — mesmo assim, o Tito se emocionou com o abraço entre o monstrinho e o papai Zilla.

Destaque especial para o poderoso Stálin japonês que, cofiando seus bigodes rigorosamente soviéticos, derrotou monstros voadores e terrestres, embora tenha permitido que o roteirista fugisse com vida, enquanto as demais criaturas oriundas dos experimentos da Segunda Guerra o perseguiam pelas supracitadas atrocidades cometidas contra o espectador e o contribuinte.

10 DE JULHO DE 2008
DE: LIA
PARA: TITO

Pequeno sapinho,
 Escrevo para dizer que adoro você e que não é para se preocupar nunca, nunca. Porque não é todo dia que a gente tem alguém com quem correr pelos corredores batendo uma bola de basquete *as in*: anteontem).
 É muito bom passar os dias no seu colo, cantando variações da música-tema de *Cheers* e derrubando a maçaneta do banheiro. Gosto também de me lembrar de todas as nossas viagens e de deixar bilhetinhos de manhã.
 Papapishu!

L.

16 DE JULHO DE 2008
A FONTE DA VIDA (THE FOUNTAIN, 2006, DARREN ARONOFSKY)

Por insistência do Tito, alugamos essa obra esotérica cujo tema é o sentido da vida. Ela não fala, ela versa em metáforas sobre o interior do ser humano enquanto broa de milho. O filme nos fez refletir sobre a importância de não se misturar cogumelos, uísque e crack, pois o resultado será a obra mais besta da história do cinema. "É pior do que *Cônicos e cômicos*", disse a Lia, verdadeiramente impressionada.
 Deixe-se registrado para os devidos fins que, por ter submetido sua cara-metade a este martírio cinematográfico, o repórter d'*O Verdugo Soviético* comprometeu-se a assistir a uma maratona dos grandes clássicos do Elvis, principalmente aqueles em que o protagonista usa um colante.
 Começaremos pelo clássico *Garotas! Garotas! Garotas!*.

AGOSTO DE 2008

Nosso relacionamento se baseava em três pilares: amor, provocações baratas e patati-patatá. Não raro passávamos a tarde inteira conversando sem parar, interrompendo um ao outro numa barafunda enlouquecida de bobagens e contando histórias sem clímax. Um dos nossos esportes favoritos era falar alguma coisa enquanto o outro estava no meio de uma história, mantendo assim uma discussão simultânea que ocasionalmente até se referia ao que o outro estava dizendo, ofendia o interlocutor e seguia num monólogo descarado. Como se os assuntos fossem infinitos e o tempo, limitado. E a opinião alheia não importasse, no fim das contas.

Assim:

Porque ontem eu abri a janela e vi que...
Muito idiota e sem sentido, você sabe o que eu penso quando...
Estava emperrada por fora, e quem é que iria se pendurar no décimo quarto andar?
Que nem aquele outro dia que eu falei para você não mexer nos livros de cima e...
Eu mexo no que quiser quando eu quiser...
Você pegou a cadeira giratória e subiu para alcançar, mas é claro que...
E inclusive quando você não está em casa eu mudo tudo de lugar só de...
Foi escorregando e caiu feito um saco de batatas...
Porque você não passa de um monstro cabeçudo, um toleirão que...

E assim por diante, até um dos dois ficar com dor de cabeça e ir para outro cômodo da casa, encerrando o duelo.

Outra das nossas manias era completar uma frase intrigante com a expressão "mep-mep", de origem e significado desconhecidos. Isso servia como anticlímax e complemento do que não sabíamos dizer, por exemplo:

"Sabe por que eu não fiz o que você pediu? Sabe?"

"Não sei. Por quê?"

"Porque você falou que era para eu pensar bem antes de mep-mep."

Isso encerrava toda e qualquer discussão a respeito das pautas mais díspares. E abreviava a conversa quando o orador estava cansado e/ou claramente inventando argumentos nos quinze minutos anteriores. Tipo uma desistência imediata de continuar convivendo. Como se, de início, fizéssemos um esforço para interessar o outro e depois isso já não importasse.

Outro exemplo:

"Vou contar uma coisa que você não sabe sobre mim: quando eu tinha treze anos, estava na sala quando de repente ouvi um barulho forte e um clarão vindo da cozinha. Saí correndo para ver o que tinha acontecido e então descobri que havia um enorme e gigantesco — você não vai acreditar — um enorme e gigantesco pedaço de mep-mep."

Ou neste poema:

Se ao menos você ficasse aí nessa posição
Perfeitamente imóvel, como está,
Uns quinze anos (só isso)
Então eu diria:
Mep-mep.

Quanto mais surpreendente, melhor o mep-mep. A ponto de passarmos um mês viajando sozinhos e, na volta, ninguém mais conseguir entender nossa desvairada conversa, ambos discutindo ao mesmo tempo e pontuando os discursos com mep-meps.

"Eu sou a grande imperatriz das bolhinhas. Eu nado de lá pra cá fazendo PRRRRRRLLLRRLLL com os meus óculos e a minha touca colorida. Eu faço PRRRRLLLL pra cá e, não contente, faço PRRRRLLLL pra lá. Enquanto as pessoas executam quinze chegadas em nado aristocrático, eu olho para elas e PRRRRRRLLLRRLLL. Ninguém jamais fez bolhinhas como eu."

"Exato! Ninguém jamais fez bolhinhas como mep-mep."

"Podia ser um nome de imperatriz asteca."

"Podecrer."

Estava aprendendo a nadar naquela época, mas tive de interromper meu atordoante progresso subaquático por causa de um feliz acontecimento, ocorrido na igreja azul perto de casa.

14 DE AGOSTO DE 2008
Contrato de transferência
(1ª via isenta de selos)

Pelo presente instrumento particular, de um lado, os pais de Lia M., brasileiros, chorosos, mas interesseiros, que por ora passarão a ser denominados ENTREGADORES PERDEDORES.

E de outro lado, Tito J., que apresenta aparência de sanidade, apesar de não haver testemunhas, e que neste instrumento será mencionado como RECEPTADOR (artigo 171 do código judiciário: estelionato).

Têm entre si justo, certo e combinado o descrito nas cláusulas a seguir:

CLÁUSULA 1ª: Conforme acordo verbal anterior, o RECEPTADOR se compromete a enviar em 24 horas aos ENTREGADORES PERDEDORES o número de camelos estipulado (de qualquer cor), em troca da pequena rebenta. Para maior clareza e liquidez, o objeto de transferência será denominado daqui para a frente sucintamente PACOTE e suas características estão discriminadas na cláusula 2ª.

CLÁUSULA 2ª: O PACOTE possui cabeça, tronco e membros, porém de área útil ignorada. Após mais de duas décadas de observação, os ENTREGADORES PERDEDORES ainda não sabem como funciona a parte superior. Eles também deixam registrado nos autos que há inúmeros desgastes e defeitos no PACOTE, mas isto não pode ser objeto de contestação por parte do RECEPTADOR, que também se comprometerá a não efetuar nenhum pedido de *recall*.

CLÁUSULA 3ª: Os ENTREGADORES PERDEDORES transferem o PACOTE a partir da data da assinatura do presente contrato, ficando por conta do RECEPTADOR o pagamento de todos os hectolitros de iogurte e/ou sucos de laranja e as toneladas de bifes à parmegiana, que devem ser entregues dentro do prazo e datas estipulados.

CLÁUSULA 4ª: O RECEPTADOR não poderá transferir este contrato, nem fazer modificações ou transformações para pior no PACOTE e responderá pelas exigências do poder público a que der causa, bem como pelas despesas que se fizerem necessárias para a manutenção apropriada do bem transferido.

PARÁGRAFO ÚNICO: Executadas as obras ou reparações que digam respeito à segurança do PACOTE, o RECEPTADOR obriga-se também pelas demais, devendo mantê-lo, assim como a seus pertences, em perfeito estado de conservação, funcionamento e limpeza, notadamente os dentes, teto, vidraças, funilaria, motor, bateria e dedos do pé.

CLÁUSULA 5ª: Fica vedada a alteração da fachada do PACOTE. O RECEPTADOR permitirá que os ENTREGADORES PERDEDORES efetuem vistorias, sempre em dias previamente acordados pelo RECEPTADOR, ou por seu representante legal, mediante prévio aviso.

CLÁUSULA 6ª: Os ENTREGADORES PERDEDORES entregam completamente livre de desembaraços de todos e quaisquer ônus, impostos, taxas, multas, servidões e hipotecas, mesmo legais, e gastos com pijamas do PACOTE. Ele segue desembaraçado também de dívidas fiscais, trabalhistas, comerciais e débitos de qualquer natureza ou espécie, bem como os bens que o guarnecem. Desta forma, o RECEPTADOR assume a responsabilidade (cível e judicial) após a assinatura do presente instrumento com respeito a quaisquer atos desvairados do PACOTE e por qualquer tipo de infração, acidente, colisão e abalroamento futuros.

CLÁUSULA 7ª: Por se tratar de bem móvel, fica o RECEPTADOR obrigado a guardar o PACOTE em local seguro e resguardado contra incêndio, inundações, furto e roubo.

Cláusula 8ª: Os ENTREGADORES PERDEDORES declaram que a presente transferência é firme, involuntária e mais ou menos de boa-fé.

CLÁUSULA 9ª: Os ENTREGADORES PERDEDORES declaram que não aceitarão a devolução do PACOTE. A transferência é realizada em caráter irrevogável e irretratável para ambas as partes constantes.

CLÁUSULA 10ª: As partes elegem almoços e jantares para dirimir futuras questões sobre o teor do presente instrumento ou oriundas do comportamento do PACOTE. As custas desses eventos ocorrerão por conta do RECEPTADOR.

E por estarem justas, certas e combinadas, assinam o presente contrato em 1 (uma) única via, na presença de todas as testemunhas deste almoço de casamento.

28 DE AGOSTO DE 2008
Conversa de jantar chique:

A professora pergunta à classe: "Quem são a mãe e o pai de vocês?"
    Um aluno responde: "Minha mãe é a Rússia e o meu pai é Stálin."
    "Muito bem!", retruca a professora. "E o que você gostaria de ser quando crescer?"
    "Órfão."

SETEMBRO DE 2008

Alto, de olhos verdes e dotado de um talento extraordinário para a matemática, meu marido conseguia resolver qualquer dilema lógico em poucos segundos. Quando fazia uma equação qualquer, jogava o cabelo para trás e resolvia tudo de cabeça, com um sorriso monárquico. Quanto a mim, nunca fui capaz de fazer contas básicas sem usar calculadora; houve um período em que Tito tentou me familiarizar com os números, ensinando fórmulas supostamente simples e truques mnemônicos para que eu ganhasse desenvoltura aritmética, mas logo desistiu. Por outro lado, sempre fui boa com computadores e de vez em quando até impressionava o programador residente.
    Quando Tito estava bêbado, solucionava os problemas mais impossíveis com uma desenvoltura notável. Ainda assim, dizíamos que ele não tinha talento suficiente, só um temperamento de gênio. De vez em quando, ele agia feito uma diva.

Já eu passava o dia trancada em casa, escrevendo ensaios, pesquisando e circulando de pijamas. Estava às voltas com os capítulos iniciais da minha dissertação de mestrado sobre a Guerra Fria, uma compilação de acontecimentos desvairados que, a meu ver, resumiam toda a natureza insana do conflito. Acordava tarde, prendia os cabelos compridos num coque e levava os gatos para tomar sol. Tito gostava muito dos meus olhos e do meu jeito de espirrar. Eu era louca pelos cachinhos dele. E adorava quando ele ria demais e soltava um discreto ronquinho pelo nariz.

O Tito trabalhava muito, dia e noite, desenvolvendo programas de computador e solucionando problemas logísticos de empresas. "Não há nada que eu não consiga resolver com um código bem-feito", ele exclamava. "A gente também é assim. Não tem nada que não possamos resolver juntos, nenhum problema impossível de superar."

Ele me deu de presente de casamento um dicionário de sinônimos que passou meses indexando e compilando, com a ajuda dos amigos, para rodar no meu computador. Foi um trabalho exaustivo, minucioso e muito útil. Eu sinceramente não lembro o que dei de presente de casamento para o Tito — ele garante que foi "só dor de cabeça".

Depois de um tempo juntos, acabamos unindo também nossas turmas, e foi com grande alegria que vi Tito se aproximar de Josef, meu amigo de infância, com quem posteriormente abri uma firma. No início, Tito tinha ciúmes de Josef, que era programador como ele e dividia comigo várias histórias de adolescência, além de uma empresa, que servia para emitir notas fiscais de nossos serviços em regime de *freelancer*. Josef escrevia para uma revista de informática e logo, passado o estranhamento inicial, tornou-se muito próximo de Tito. Outro amigo que acabamos por compartilhar foi o Leo, de quem me aproximei na época do cursinho. Eu já não mantinha muito contato com ele quando descobri que era um dos colegas de trabalho de Tito.

Tito, Leo e Josef ficaram muito amigos a partir daí.

3 DE OUTUBRO DE 2008
PACTO DE SANGUE (DOUBLE INDEMNITY, 1944, BILLY WILDER)

Que um dia a sanha capitalista de Fred MacMurray ia terminar mal, isso não é surpresa. Tendo uma família numerosa a sustentar e diversas dívidas de jogo (mico) pendentes, era questão de tempo até que o capcioso MacMurray se envolvesse com uma loira fatal e um golpe na seguradora tão bem planejado que o faz terminar o filme em posse de uma lata de picles, após perder a mulher e as filhas para um vendedor de salmoura. Enquanto isso, Billy Wilder segue indiscriminadamente humilhando a concorrência enquanto procura um tamanco para alcançar a lente da câmera.

Para o papel de Phyllis Dietrichson, a loira que seduz o agente de seguros, Wilder escalou Barbara Stanwyck. Ao ver a peruca que ela usa no filme, escolhida pelo diretor, o chefe de produção teria dito: "Nós contratamos a Barbara Stanwyck e veio o George Washington!"

Conta-se que, por muito tempo, uma grande seguradora norte-americana exibia *Pacto de sangue* aos novos funcionários e pedia um relatório do que aprenderam com o filme.

E que fique registrado: a Lia reclamou da atuação de dois atores que não estavam no elenco.

OUTUBRO—NOVEMBRO DE 2008
THE BEATLES ANTHOLOGY (1995, BOB SMEATON, GEOFF WONFOR & KEVIN GODLEY)

Com o apoio pessoal da Rainha-Mãe, de Imelda Marcos, Billy Fury e Dudley Moore, esta série de seiscentos minutos tem como objetivo defender uma causa: "Ringo never, Pete Best forever", evidenciando o erro dos rapazes de Liverpool ao mandarem Pete plantar batatas. "We want Pete!", gritou a Lia durante a sessão da antologia, e daí para a frente foi só decadência. Hoje, a supremacia de Pete diante dos fanfarrões Lennon & McCartney é inegável ao ouvir a coletânea *Best of Beatles*. Nosso ídolo maior apenas se compara ao afável Ringo, que nas declarações sobre o passado nunca se lembra de nada. "Duas vezes? Nós fomos ao Shea Stadium duas vezes?"

Durante a sessão, ficou evidente que o Tito aprecia apenas as canções iê-iê-iê do quarteto, como "Please Please Me" e "She Loves Me", ao passo que a Lia prefere as melodias mais complexas e de cunho filosófico, pois que é mais sabida.

Lia está para Tito como Pete Best está para os Beatles.

NOVEMBRO DE 2008
DE: LIA
PARA: TITO

O meu amor por você é infinito como a nossa
gaveta de sacolinhas e a sua coleção de gibis,
e se às vezes falta um volume de *Monstro do
pântano* não é para se preocupar porque ele
vai aparecer, você vai achá-lo dentro de uma
caixa cheia de petecas e abobrinhas, e um dia
a nossa coleção vai ser tão grande que vamos
nos sentar e dar risada de como éramos bobos
no começo, e vamos rir tanto que as nossas
dentaduras irão cair e finalmente poderemos
colar os dentes um do outro com Ultra Corega®.

DEZEMBRO DE 2008
Bilhete enfiado debaixo da porta do 141

Olá, vizinhos,
  O ano de 2008 foi muito especial para mim. Realizei um grande sonho, um lugar para chamar de meu, minha casa, meu apartamento.
  Meu nome é Clarice e comprei o apartamento 121. Agora começo a preparar a mudança.
  No início de 2009 farei uma pequena reforma. Sei que alguns serviços geram barulho e por consequência um pouco de incômodo. Todos os trabalhos serão executados dentro das regras do condomínio, respeitando os dias e horários permitidos.
  Antecipadamente me desculpo e coloco o meu apartamento à disposição de visitas, caso alguém se interesse por acompanhar os serviços. Disponibilizo também o número do meu telefone: 560-1234.
  Um ótimo 2009, meu respeito e em breve abrirei as portas do meu cantinho para conviver com todos vocês.
  Atenciosamente,
  Clarice R.

JANEIRO DE 2009
Índice onomástico de piadas internas

A GENTE TEM UMA PALESTRA: Desculpa-padrão para se livrar dos amigos indesejáveis e ir ao cinema.

ÁGUA NA CARA, JOGAR: Uma das nossas maiores diversões era simular uma briga durante o jantar e jogar água na cara do outro, como nos filmes. De início, praticávamos o rompante aquoso dentro do boxe do banheiro, onde podíamos controlar a quantidade de líquido e a força do arremesso; depois passamos para a sala de estar, vestidos apropriadamente para um jantar chique. O segredo era dizer alguma coisa, tipo: "Seu canalha! Você realmente saiu com ela!", e jogar a água quando o outro estivesse prestes a protestar, de modo que, além de encharcar o rosto do adversário, fosse grande a possibilidade de fazê-lo engasgar.

CANÇÃO DOS TIMÓTEOS: Quando estávamos entediados, a regra era entoar a "Canção dos Timóteos", uma interminável litania com a seguinte letra: "Era uma vez cinco Timóteos, peguei um Timóteo e juntei a ele. Era uma vez seis Timóteos…" Assim tínhamos a impressão de que podia ser pior — em vez desta peça de teatro medíocre ou desse filme obtuso, podia haver alguém ao fundo recitando a "Canção dos Timóteos". Vestido de abelha. "Sempre pode ser pior", é o que repetíamos a respeito de tudo.

CARTA DA CHINA: Em *Twilight Struggle*, uma das cartas mais divertidas era a "Carta da China", que começava de posse da União Soviética mas, ao longo da partida, passava de mão em mão sem pudores. Quem estivesse com ela podia sacá-la e ganhar imediatamente quatro pontos operacionais.

A graça era, no meio de uma discussão sobre relacionamento, sacar da manga uma Carta da China e reivindicar maior presença na Ásia, a dissolução do efeito da Resolução de Formosa e o fim da briga — depois creditar a vitória ao Grande Timoneiro. A Carta da China era um curinga incontestável que encerrou tensas discussões em questão de segundos. A Lia chegou a plastificá-la para que durasse mais tempo.

CASA DESMORONANDO: Às vezes, inúmeros eletrodomésticos e móveis quebravam ou deixavam de funcionar ao mesmo tempo, como se planejassem um motim doméstico na luta por melhores condições de trabalho. "Companheiro aspirador de pó!", o Tito implorava, "por favor, funcione." Houve uma semana em que a máquina de lavar pifou, o chuveiro voltou a vazar, três lâmpadas queimaram, o aquecedor deu curto e havia um ninho de baratas em algum canto da cozinha. Nessas horas, a gente protegia a cabeça como se o teto fosse desmoronar. A Lia é quem ficava responsável pela resolução dos problemas, um a um, com a ajuda do zelador e do porteiro Barba. Enquanto isso, pedíamos para esquentar comida no micro-ondas da Clarice do 121 e tomávamos banho no Sesc.

CLARICE DO 121: A gente gostava de torturar a pobrezinha porque, francamente, ela era muito chata e metódica. A Lia fingia que não estava em casa quando ela tocava a campainha, e morria de medo de encontrá-la no elevador. O Tito imitava o Hannibal Lecter quando ela interfonava pedindo jornais velhos para forrar a casinha do cachorro. Por sorte, a Clarice do 121 não participava das reuniões de condomínio, assiduamente frequentadas pela Lia.

EM NOTA NÃO RELACIONADA: Boa frase para mudar radicalmente de assunto.

EPÍTOME: Palavra muito utilizada para fins superlativos. Descobrimos tardiamente que se tratava de um substantivo masculino e tivemos de revisar toda a nossa correspondência passada — alicerçada no epítome enquanto substantivo feminino. "Chocante, estou com a maior cara de tacho", disse o Tito. "Será uma longa adaptação ao epítome masculino, mas, brava Lia!, aposto que superamos isso em um átimo." Logo se tornou habitual referir-se a um poema do Marlowe como o epítome do tédio, e certas pessoas eram "o epítome de alguma coisa", sem que soubéssemos especificar do quê.

ESTRANHO RÉPTIL: Designação popular da mariposa gigante que apareceu no nosso quarto num domingo às sete da manhã. A Lia correu para dormir na sala e o Tito chamou o zelador, que expulsou o estranho réptil (*sic*) com uma vassourada, visivelmente incomodado com nossa covardia. Segundo ele, era só uma mariposa, mas para nós a criatura era mutante. "Uma besta ladradora", descreveu o Tito, que estimava seu tamanho em algo entre trinta e sessenta centímetros, isso sem abrir as asas. Depois desse incidente, sempre que surgiam baratas e insetos grandes na cozinha, Tito considerava emparedar o cômodo e nunca mais frequentá-lo. Lia é quem tinha de matar o animal, munida de uma vassoura, um chinelo e uma lata de Baratil. "Chinelo!", ela gritava, pedindo a ajuda do marido, que respondia, trancando-se no banheiro: "Chinaglia?"

GRUNGISMO: Nome da afecção laringofaríngea de que padece o cantor Eddie Vedder, do Pearl Jam, que só consegue conversar com a esposa por meio de grunhidos guturais em momentos incômodos. Tivemos também essa fase.

INCAPACIDADE DE LIDAR COM AS COISAS PRÁTICAS DA VIDA: O Tito não era afeito a pagar contas, lavar a louça, fazer compras no supermercado e dividir as tarefas de casa. Delegava à esposa tudo o que envolvia lajotas e documentos importantes que não podiam ser perdidos. Certa vez, Lia retornou de uma viagem de fim de semana e o encontrou no sofá, barbudo, deprimido e circundado por moscas.

O LADO DE CORTIÇA É PARA BAIXO: Assim como na polêmica do epítome, essa frase ilustra o fato de que é perfeitamente possível passar a vida toda fazendo uma coisa do jeito errado. No caso, usávamos os apoios de panela com o lado de cortiça para cima. A revelação de que estávamos equivocados surgiu num sábado à tarde e até hoje não gostamos de falar sobre isso.

LAVANDA NOS VIZINHOS, JOGAR: Certa vez, o Tito ficou bravo com uma ruidosa festa de aniversário no salão do prédio. Eram onze da noite de um domingo e os caras não paravam de falar de cerveja, mulher e *bobsledding*. A música era da pior qualidade. Mal conseguíamos escutar os episódios de *Millenium* na tevê da sala. Acontece que o vitrô do banheiro dava direto para o pátio do salão de festa e, a certa altura, o Tito achou que devia intervir naquele incômodo congraçamento. Tomado pela criatividade do momento, apanhou um frasco de lavanda de cima da bancada e começou a espirrar o líquido para baixo. A Lia morreu de vergonha e ralhou acerca de suas atitudes infantis, ao que ele respondeu sabiamente: "Se alguém reclamar, digam que não é água! Estou só perfumando os vizinhos."

LÊNIN, DE TRÊS!: Era o que Tito gritava ao ocupar um território em *Twilight Struggle*. A frase é inspirada numa famosa fotografia da estátua de Lênin na qual o líder comunista parece fazer uma cesta.

MANDO DA JANELA: Durante toda a administração de Lia (2008-2011), o casal do 141 deteve o mando das janelas. Na nossa rua, os prédios eram colados uns aos outros e dava para acompanhar a vida dos vizinhos — a menos, é claro, que eles cerrassem as cortinas em busca de privacidade. Desde o início, fizemos questão de manter as nossas abertas, obrigando os demais condôminos a cerrar as suas. De vez em quando o seu Edgar, vizinho da frente, dava uma espiada entre as cortinas ou se esquecia de fechá-las, mas, durante o resto do tempo, o mando da janela era nosso. E fazíamos questão de usá-lo de forma adequada, ao passear de pantufas batendo vigorosamente uma bola de basquete.

MEP-MEP: Expressão curinga que serve para terminar frases de qualquer estirpe quando o orador está cansado demais para mep-mep.

MORGAN FREEMAN: Deus todo-poderoso, velho sábio que a tudo vê. Tem uma fazenda de formigas e abençoou nosso casamento.

NONINONI: O epítome de todas as coisas bonitas do nosso relacionamento. Baseado em poema de Shakespeare que se mostrou tragicamente profético:

Sigh no more, ladies, sigh no more
Men were deceivers ever,
One foot in sea, and one on shore,
To one thing constant never.
Then sigh not so, but let them go,
And be you blithe and bonny,
Converting all your sounds of woe
Into hey nonny, nonny.

[Não suspirem mais, damas, não suspirem mais
Os homens sempre foram enganadores
Um pé no mar, o outro na areia
Nunca constantes em coisa alguma.
Por isso não suspirem e os deixem ir
E fiquem sempre alegres e formosas
Convertendo todos os seus lamentos
Em um sonoro canto de alegria.]
(WILLIAM SHAKESPEARE)

PANDAS: Hora extra na evolução. Segundo o Tito, são animais indolentes que não fazem jus aos esforços da humanidade em favor de sua sobrevivência. "Se você dá bambu demais, eles morrem de tanto comer. Se não dá bambu suficiente, eles morrem de fome", dizia. "Implorando para que se reproduzam, os pesquisadores exibem vídeos eróticos de panda, e eles nem tchuns."

PAPAPISHU: Expressão do jogo *Monkey Island.* Pode ser usada em qualquer — repito — qualquer circunstância, sobretudo as de surpresa e alegria incontida.

PATO: Nada mais que uma galinha impermeável.

PIJAMA DE FLANELA: Uniforme básico da historiadora moderna.

PRATELEIRA DE TEMPEROS: O epítome da coisa bonita, engenhosa, bem-feita. "Você é a melhor coisa desde a prateleira de temperos", do filme *O pescador de ilusões* (*The Fisher King*, 1991, Terry Gilliam).

QUER UM MARTELO?: Pergunta que o Tito gostava de repetir quando a Lia derrubava coisas, batia uma porta ou fazia barulhos generalizados em algum ponto da casa. "Quer um martelo? Aí você já destrói tudo de uma vez, né, meu bem?"

RANCOR: Apreciávamos guardá-lo contra a humanidade em geral.

SE É QUE VOCÊ ME ENTENDE: Indireta curinga que serve para concluir frases que não podem absolutamente ter duplo sentido, como: "Não há melhor facilitador de homeostase corporal do que esta técnica de dar cambalhota, se é que você me entende." Ou: "Acho que me afeiçoei a esta maionese de batatas. Se é que você me entende."

SENTIDO BÍBLICO DA COISA: Idem anterior. "Acho que me afeiçoei a esta maionese de batatas. No sentido bíblico da coisa."

SUA CÓRNEA É EXCELENTE: Cantada barata de Tito.

TATUS: Apelido dos nossos gatos. "Você já deu comida para os tatus?", eu perguntava. Seus nomes eram Macavity, Mungojerrie e Gato. Quando a Lia estava triste, Tito pegava Macavity no colo (era um gato malhado e gordo) e repetia o poema de Eliot:

Macavity, Macavity, there's no one like Macavity,
For he's a fiend in feline shape, a monster of depravity.
You may meet him in a by-street, you may see him in the square—
But when a crime's discovered, then Macavity's not there!

[Macavity, Macavity, não há ninguém como Macavity
Pois ele é um demônio em corpo de felino, um monstro da depravação,
Pode estar num beco escuro, pode estar na praça a andar,
Mas quando um crime é descoberto, então Macavity não está lá!]

UCRÂNIA: Tivemos uma fase de obsessão pela Ucrânia, meio sem motivos. Tentamos escrever para as autoridades diplomáticas pedindo um atestado de "Amigos Ucrães", mas não logramos êxito.

WE WILL BURY YOU! (*NÓS VAMOS ENTERRAR VOCÊS*): A carta preferida de Tito no *Twilight Struggle*, pois que era a mais dramática e dava quatro pontos operacionais à União Soviética. A provocação foi desferida em 1956 por Nikita Kruschev e dirigida a diplomatas ocidentais durante uma recepção na embaixada polonesa em Moscou. Originalmente suas palavras foram: *Мы вас закопаем*, em referência a um trecho de *O manifesto comunista*: "O que a burguesia produz, acima de tudo, são seus próprios coveiros." Na época, muitos a interpretaram como uma declaração de guerra nuclear, mas a Lia, como boa historiadora, captou o verdadeiro sentido da coisa. Gostava de repetir a frase enquanto cuidava das plantas, classificando o ato como "um corajoso revisionismo botânico".

FEVEREIRO DE 2009
O SACRIFÍCIO (OFFRET, 1986, ANDREI TARKOVSKI)

O *Mary Poppins* sueco com o Michael Caine de Estocolmo. Representa no cinema a alma coletiva sueca, em todo seu júbilo e otimismo. É um filme muito alto-astral, faz a gente querer cantar e dançar pelas ruas a beleza da Suécia. O povo afetuoso da Escandinávia também está representado de acordo com a tradição: mulheres discretas, carteiros mundanos, maridos carinhosos.

Tem o maior ataque histérico da história do cinema, até que se prove o contrário.

Sessão *Prêmio Especial do Júri*.

MARÇO DE 2009
TESTEMUNHA DE ACUSAÇÃO (WITNESS FOR THE PROSECUTION, 1957, BILLY WILDER)

De início, a Lia declarou culpado o ajudante do advogado principal, depois desviou as suspeitas para um transeunte que notou aos 24'44", então aderiu à teoria da prima — lamentavelmente apresentada pelo Tito, que sempre bota a culpa nos parentes distantes do protagonista —, até que por fim adivinhou a identidade do assassino.

Pena que era do assassino do filme ao lado.

ABRIL DE 2009

Conversa de café da manhã: quando a NASA iniciou o programa espacial, descobriu que as canetas não funcionavam em condições de gravidade zero. Para resolver este impasse, empregaram uma década e 12 milhões de dólares desenvolvendo uma caneta que escrevesse com gravidade zero, ao contrário e de ponta-cabeça, debaixo d'água, em praticamente qualquer superfície, incluindo cristal, e em variações de temperatura abaixo de zero até mais de trezentos graus Celsius.

Os russos utilizaram um lápis.

Dois anos antes
24 DE MAIO DE 2009
DE: LIA
PARA: TITO

Não sei se você olhou lá fora, mas hoje está uma manhã repleta de noninoni. Sério. Dá para ver uma porção deles pela janela, meio gordinhos e verdes, voando de lá para cá, mas só quando você não está olhando. E os noninoni te abraçam de repente e te fazem cosquinha. Os noninoni têm a cor dos seus olhos quando você acorda, e a expressão contente de um pudim. É que hoje estamos entrando no quarto ano e, rapaz, que orgulho. Hoje já não imaginamos a vida sem o outro, e já não temos mais medo nenhum (só de vez em quando). Eu sei que você gosta de mim para valer, e, bolas, é a melhor coisa do mundo ter certeza disso. E é gostoso, e a gente não se desgruda, provavelmente temos um gerador de patati-patatá que é um verdadeiro moto-contínuo. Eu não enjoo de você e não me canso de te contar as coisas todo dia (com um grande ábaco, porque eu me confundo). Você é o meu melhor amigo. Adoro provocar você, ver como é doce, como é sincero, como tem um coração bonito cheio de noninoni, *birdie num-nums* e papapishu.

"Alguém com os olhos verdes e uma risada gostosa": é você. Como naquele quadrinho.

E estou perdidamente apaixonada pela coleção de pintinhas do quadrante B-5 da bochecha a bombordo.

L.

1º DE ABRIL DE 2009
O ESTRANHO (THE LIMEY, 1999, STEVEN SODERBERGH)

Apesar de não entender *half the shit he says*, a audiência gostou muito deste filme. Terence Stamp é o vovô mais *cool* do planeta. Ele apanha a valer, pragueja, depois se levanta e promove uma carnificina com o mesmo olhar plácido de quem oferece para o neto um sanduíche de atum. Além disso, Peter Fonda faz jus ao Oscar Honorário de Sorriso Bizarro, atribuído no passado a James Coburn e ao dentuço Bogart. No final, fica a mensagem: "*There's one thing I don't understand. The thing I don't understand is every motherfuckin' word you're saying*" [Tem uma coisa que eu não entendo. O que eu não entendo é droga nenhuma do que você está dizendo].

Isso se aplica ao trabalho de Tito, sobretudo quando ele decide entrar em especificidades relativas a *strings* de formato.

15 DE MAIO DE 2009
FILHOS DA ESPERANÇA (CHILDREN OF MEN, 2006, ALFONSO CUARÓN)

Tema: infertilidade.

Trata-se de um filme leve, do mesmo diretor de *Ursinhos carinhosos* e *Adoradores do demônio*. Michael Caine faz um papel 50% Morgan Freeman branco, 50% John Lennon. A Lia ficou triste quando mataram o Caine. E agora, quem vai dar comida para a mulher dele?

A referida historiadora consumiu todo o estoque de Chamette de morango (nove potes) e mais dois litros de leite com biscoitos. É uma arma de destruição em massa.

(Ela come para esquecer as agruras da vida.)

7 DE JUNHO DE 2009

Todas as noites, às sete e meia, eu ouvia a chave virando na fechadura e corria para abraçar o Tito. Naquela noite, só de escutar o barulho das chaves arremessadas com força na mesa e um livro sendo atirado a distância, percebi que algo não estava bem.

Tito havia apagado sem querer um banco de dados contendo as senhas de todos os usuários de um site de *e-commerce*. Quinze minutos antes de acabar o expediente, foi *resetar* a senha de um usuário de teste no banco de produção, mas se esqueceu de colocar a cláusula WHERE e o sistema interpretou como um comando generalizado. Um erro banal e amador, que ele percebeu de imediato ao receber a mensagem: "147.873 registros atualizados com sucesso."

Em questão de segundos, centenas de milhares de clientes do site de vendas a varejo tiveram as *passwords* extirpadas da face da Terra. Quando tentavam acessar suas contas, o sistema acusava "senha incorreta".

Para piorar, Tito não fizera o último backup e perdera os anteriores. Certo é que estava desesperado: causaria um prejuízo incalculável à empresa, seria demitido por justa causa e veria sua reputação ser destruída.

Tentei entender o problema. Ele se deteve em minúcias e explicou que ainda não tivera coragem de contar ao chefe, só disse se tratar de um erro inesperado de sintaxe que seria em breve corrigido.

"Mas como? Existe alguma forma de recuperar esses dados?", perguntei.

"Não. Já tentei de tudo, mas é o que chamam de *point of no return*. Apertei o botão vermelho, Lia... Em três segundos, foi como se tivesse engatilhado uma bomba."

Lembrei de ter lido no jornal sobre um incidente ocorrido em 2009, quando, por uma hora, o Google classificou como suspeitos todos os endereços da web e bloqueou o acesso. Foi culpa de um estagiário que, ao atualizar o registro de itens marcados, digitou por engano uma única linha contendo o símbolo "/", que o sistema interpretou como sendo "toda a internet".

Por culpa de um mísero comando, Tito arruinara não só um bom emprego, como a vontade de viver, as expectativas para o futuro, a saúde, a amizade, a alegria e a paz mundial. Estava enfurecido com o universo e arremessou o *mouse* na parede. Tentei pesquisar algumas soluções, entrei em fóruns especializados e pedi ajuda a Josef, mas era realmente uma situação sem saída. Ele havia deletado inadvertidamente todo o arquivo de senhas. Não sobrara nem um rastro da operação.

Sugeri que encomendássemos uma pizza para esfriar a cabeça e depois ele telefonaria ao chefe para dar as más notícias. Pedi que se acalmasse: não era como se os Estados Unidos declarassem guerra à União Soviética. Não era DEFCON 1. Afinal, ele era o melhor da área e qualquer outra empresa de TI iria querer contratá-lo. Seria uma chance de reescrever sua carreira, talvez abandonar a linguagem ASP, uma oportunidade de passar a borracha no passado e criar coisas novas. Ele brigou comigo, mas parou de gritar quando eu disse "começar do zero".

Saiu da sala e voltou para o escritório.

Então Tito passou horas teclando furiosamente atrás da porta trancada, enquanto eu zapeava programas na tevê da sala, sem saber o que fazer. Por fim, ele saiu da reclusão e anunciou que estava muito cansado, precisava dormir — eu perguntei como ele se sentia, se tinha resolvido algo, mas ele disse que não queria falar do assunto. No dia seguinte, mencionei o incidente duas ou três vezes na tentativa de saber o que havia ocorrido, mas Tito não parecia disposto a falar.

Ele não foi demitido, não sofreu reprimendas e tudo pareceu ter se acertado milagrosamente. Passadas três semanas, diante da minha insistência, ele enfim contou o que tinha acontecido: após zerar todas as *passwords* do banco de dados, Tito configurou o sistema para, a cada *login*, detectar se havia alguma senha definida para o usuário em questão. Como não havia nenhuma, pois ele as deletara, o sistema simplesmente registrava como padrão o que quer que o cliente digitasse no primeiro acesso. A senha era definida naquele momento: era a primeira tentativa que o usuário digitava. O patrão não ficou sabendo de nada, assim como nenhum colega da empresa.

"O povo americano tem o direito de saber se o presidente é um trapaceiro. Eu não sou um trapaceiro. *I'm not a crook*."

Nos dias que se seguiram, alguns clientes relataram dificuldades em efetuar o *login*, provavelmente por terem cometido erros de digitação no primeiro acesso — mas Tito abafou o caso e tratou os problemas individualmente, solicitando que os clientes confusos redefinissem as senhas para maior segurança. Assim se safou de uma calamidade de proporções nucleares.

Não sei se foi uma prova de genialidade, covardia ou ambos.

14 DE JUNHO DE 2009
A LÁGRIMA QUE FALTOU (THE FIVE PENNIES, 1959, MELVILLE SHAVELSON)

O filme mais emotivo desde *Bambi*. No pacote, criancinhas doentes, pais ausentes, artistas incompreendidos e canções de ninar. Para equilibrar tanta fossa, há Louis Armstrong em pessoa, com um sorriso tão grande que parece que sua cabeça vai cair. O momento de "When The Saints Go Marching In" é apoteótico, bem como a cena em que Danny Kaye ensina cornetinha para a filha, com a canção "The Music Goes Round And Round". Mas a melhor hora é quando eles decidem ninar a pequena Dorothy, que aprendeu a jogar pôquer com o tio Glenn (leia-se: pinocle), e desandam a tocar "Lullaby In Ragtime" no ônibus.

A Lia chorou copiosamente durante todo o filme, deu até medo.

20 DE JUNHO DE 2009
O GRANDE TRUQUE (THE PRESTIGE, 2006, CHRISTOPHER NOLAN)

Embora seja o filme favorito da Lia, que expressou enorme entusiasmo ao final, quando o "grande truque" é revelado, trata-se de mais um dos inúmeros casos de filmes em que o roteirista, devido a uma combinação explosiva de crack e uísque, perde o fio da meada e atribui explicações sobrenaturais aos acontecimentos. Ainda que a Lia tenha aplaudido a sagacidade com a qual o elemento sobrenatural foi apresentado, e também a aparição dos gêmeos, fica aqui a ressalva de um crítico mais sério, para quem a integridade moral do filme depende também da sobriedade do roteirista, e de coerência e nexo, coisas que a Lia evidentemente não leva em conta ao avaliar filmes perniciosos como esse. —*O Verdugo Soviético*

JULHO DE 2009
Principais implementações, serviços prestados e melhorias da minha administração:

* Substituição de todos os lustres da casa por unidades mais práticas na hora de trocar as lâmpadas
* Compra de uma estante com portas de vidro
* Instalação de prateleiras de madeira por toda a extensão da casa
* Reforço dos rejuntes do boxe
* Colagem de tacos
* Conserto de maçanetas
* Cuidados com paisagismo (vasos de plantas. Ref.: "*Nós vamos enterrar vocês*")
* Compra de vistosa mesa de jantar com cadeiras acolchoadas
* Compra de garbosa cama *king-size*
* Conserto de janelas
* Aquisição indiscriminada de tapetes, lixeira, mesas de centro, forno elétrico, jogo de panelas, sofá, televisão de plasma, aparelho de DVD e blu-ray, ferro de passar, lençóis, travesseiros, almofadas, cobertores e um edredom do tamanho da sala
* Abastecimento contínuo da geladeira e da despensa
* Pagamento de contas
* Enfrentamento de filas no correio
* Enfrentamento de filas no banco
* Enfrentamento de filas no departamento fiscal da prefeitura para quitar débitos do Tito com as autoridades do governo
* Serviços de costura, organização, lavagem, limpeza, governança, dedetização, entretenimento e uma noite em que surtei de vez e comecei a limpar todas as sujeiras da parede com esponja e detergente
* Representação em reuniões de condomínio.

12 DE AGOSTO DE 2009
LOBO SOLITÁRIO (KOZURE OKAMI:
KOWOKASHI UDEKASHI TSUKAMATSURU, 1972,
KENJI MISUMI)

Depois de tantas décadas sob o escrutínio das ciências humanas, resta pouco a discutir sobre o impacto deste filme nas artes visuais e nas técnicas de mistura de sangue falso no cinema japonês. Importantes estudos de hidráulica — que viriam a revolucionar o ramo anos mais tarde — foram empregados na verossimilhança dos jatos de sangue e dos borrifos ventriculares. Mais importantes foram as dietas inventadas pelo povo japonês após o advento deste filme, cuja mensagem principal é a de levar uma vida com poucos carboidratos, muito exercício e contato com a natureza, além de homicídios, genocídios e outros massacres numerosos (sempre antes do almoço, nunca depois do jantar).

Apesar dos diversos esforços do governo japonês, o ator Tomisaburō Wakayama continua sendo a esperança de todos os gordinhos com aspirações samurais, e a causa número um de obesidade infantil e diabetes na ilha de Hokaido.

Categoria: filmes em que as pessoas se cumprimentam arqueando as costas e batendo a cabeça.

SETEMBRO DE 2009
Calendário de aniversário do Tito

1. Início dos trabalhos (discursos, correligionários e balões)
2. Aniversário de Napoleão Bonaparte
3. Dia de se entupir de pato
4. 13h15 — Hora de se embebedar com xarope
5. Dia de acreditar no horóscopo
6. Noite de dançar o twist
7. Dia de ganhar um mimo
8. Dia de brigar. Tarde de jogar-água-na-cara
9. Dia de celebrar a independência do Tajiquistão
10. Tarde ofensiva de ofensas e baixo calão
11. Dia de vestir roxo
12. Maratona de *Serpentes a bordo* (o mesmo filme várias vezes)
13. Noite de patati e preguiça
14. Dia de ganhar uma prenda
15. Final do World Pinochle Championship
16. Dia de comer açúcar
17. Dia livre
18. Tarde do Orgulho Nacional Ucrão e noite de entender tudo errado
19. O amor comeu esse dia
20. Noite de assistir a um épico de vinte horas (em ucrão)
21. Dia de ganhar um regalo
22. Dia de aprender a dar cambalhotas
23. Independência de Guiné-Bissau
24. Bodas de goma-laca
25. Dia de comer repolho com colher
26. Manhã repleta de noninoni
27. Noite da mão irregular
28. Dia do molho rôti
29. Dia de fingir ser um casal inglês
30. Dia de entrar para a máfia

OUTUBRO DE 2009

Conversa de café da manhã: três prisioneiros estão num *gulag* na Sibéria contando como foram parar lá.

"Eu cheguei ao trabalho cinco minutos atrasado, então fui acusado de sabotagem."

"Eu cheguei cinco minutos mais cedo e fui acusado de espionagem."

"Eu cheguei na hora e fui acusado de possuir um relógio ocidental."

20 DE NOVEMBRO DE 2009

Decidimos arquitetar uma mentira especialmente tola: anunciamos a todos que tiraríamos dez dias de férias na praia, mas os planos eram passar o tempo inteiro em casa. Ignoramos o telefone, alugamos uma pilha vergonhosa de filmes e ficamos um período enorme sem ver a luz do sol, pedindo comida pelo telefone e nos dedicando à inércia. Também fizemos maratonas de séries de tevê depressivas e nos viciamos em programas dublados. Experimentamos receitas bizarras na cozinha — nenhuma deu certo — e zeramos todas as fases possíveis e imagináveis de jogos *point-and-click* (aqueles em que você aponta e clica no cenário para coletar pistas e desvendar mistérios).

Também decidimos fundar o grupo de apoio Point-and-Click Anônimos. De acordo com o regulamento, passaríamos reuniões inteiras abrindo todos os armários ao redor e enfiando escumadeiras nos bolsos, apenas para tentar usá-

-las mais tarde junto com um barbante e um bambolê. Depois invadiríamos a reunião dos Anônimos Anônimos e chamaríamos todo mundo de mocinho ou "alô, você".

Após esses dez dias de prisão domiciliar, passamos a falar assim:

Passar saleiro para: Tito
Puxar conversa com: Lia
Tentar oferecer bambolê a: Tito
Atirar pires em: Lia
Ficar imensamente chateada com: Tito
Largar tudo e ir plantar: batatas

O ruim é que, na vida real, se déssemos um chiclete velho ao porteiro Barba, ele poderia se sentir ofendido. No jogo, não havia problema em oferecer um peixe de três olhos, uma escumadeira, um frango de borracha e, finalmente, um aspargo, quando ele concordaria em te desafiar no uquelele (era o que você queria desde o começo).

No grupo de apoio "Point-And-Click Não É Brinquedo" discutiríamos essas e outras normas de conduta para a vida-de-verdade que não podem se basear na nossa experiência em *Grim Fandango*, sob o risco de perder os amigos (e a boa reputação). O grupo de apoio também falaria sobre os *walkthroughs* e de como não devemos depender deles, e da sequência correta de xingamentos quando se vai discutir com alguém no mundo real. No decorrer das reuniões surgiriam testemunhos como o nosso — um relato bastante preciso sobre o dia (hoje) em que descobrimos que a única coisa que nos restava afetiva e profissionalmente era seguir a vocação de pirata. Por isso entramos para a comunidade "Depois das onze eu sou um pirata", cujo subtítulo vem a ser "Porque antes disso eu sou uma melancia".

É assim que ficamos depois de passar muito tempo juntos.

10 DE DEZEMBRO DE 2009
PI (1998, DARREN ARONOFSKY)

"Quisera eu ser uma matemática genial e perturbada", disse a Lia durante a exibição desta fita. Após declarar que, para ela, a matemática começa e termina no ábaco, a supracitada dama pôs-se a contar quantas vezes o número 23 aparecia na história, confundindo-a com a trama de um filme que ela nem sequer viu, onde o número 23 era relevante, e perdendo de vista que no filme *Pi* o que é importante é o número pi, a saber 3,14159265358979323846..., também conhecido como a média regional diária de anchovas em certos países do Leste Europeu e da Ásia Menor.

Quanto ao matemático genial e perturbado protagonista do filme, é de nossa opinião que ele se deixa levar demais por conspirações de rabinos da cabala, mafiosos vidrados em multiplicação e mestres orientais e soviéticos do joquempô e do jogo da velha, que no filme é jogado por um velho e se chama *go*.

11 DE DEZEMBRO DE 2009
QUINTETO DA MORTE (*THE LADYKILLERS*, 1955, ALEXANDER MACKENDRICK)

Alec Guinness se disfarça de Humphrey Bogart para encarnar o professor dentuço deste clássico da comédia inglesa. *Ladykillers* é filmado em tempo real e a velhinha de fato não sabia de nada. Ela é a velhinha mais velhinha de toda a história. Anda pra lá e pra cá com sua bolsinha, o chapéu florido, os passinhos miúdos e os hábitos de 1815. Tem um grupo de amigas chamadas Phyllis, Harriet e Gerta, com quem toma chá e toca piano. Sua companheira favorita é uma cacatua, que obriga Peter Sellers a falar *birdie, birdie, birdie*. Ela se afeiçoa ao elemento mais brucutu de uma gangue de ladrões — que se dizem um conjunto de música erudita — e é transformada em cúmplice de um grande roubo.

Nem é preciso dizer que o objetivo da Lia é ser exatamente igual à referida velhinha, no que decerto tem se esforçado — sobretudo no que tange aos hábitos domésticos e à contemporaneidade de suas vestimentas.

12 DE DEZEMBRO DE 2009

Conversa de lanche da tarde: dois soldados, um russo e um polonês, encontram um tesouro nos escombros da guerra. O russo diz:

"Vamos dividir este tesouro como dois irmãos socialistas."
E o polonês responde:
"Nada disso, vamos dividir meio a meio."

Quinze meses antes
6 DE JANEIRO DE 2010

Estávamos profundamente entediados com nossos três gatos, que não raro passavam semanas dormindo dentro dos armários ou apenas sumidos, sem dar sinal de vida — sobretudo Macavity, que certamente planejava crimes e arquitetava a destruição mundial enquanto nós o procurávamos para mundanos cafunés. Então decidimos comprar bichos de estimação mais radicais: duas tartarugas aquáticas do tamanho de moedas, batizadas de Almeida (em homenagem ao gramático Napoleão Mendes de Almeida, autor de *Dicionário de questões vernáculas*) e Meirelles (porque é nome de gente que trabalha em repartição). Tito sempre quis ter tartarugas apropriadamente batizadas a fim de que pudessem — em caso de tédio — fundar um escritório próprio: Meirelles & Almeida Advogados Associados. "Fazemos o cível e o impocível."

Ao chegar em casa com as duas pequenas redondas e uma porção de equipamentos para montar (aquaterrário, termostato, filtro, lâmpadas ultravioleta), Tito teve um acesso de insegurança e afirmou que não daríamos conta de tamanha responsabilidade. Precisei acalmá-lo e assumir sozinha a tarefa.

Contrariando as expectativas, os novos residentes ficaram confortáveis e logo a questão da sifonagem diária de cocôs se fez mandatória. Tito acordava cedo e ligava a luz ultravioleta. "Eu sou o Deus do dia!", exclamava. Eu desligava a lâmpada no fim da tarde, decretando a noite. Algumas vezes ele oferecia ovos de formiga e anchovas como forma de angariar a simpatia dos répteis, mas quem cuidava mesmo dos bichos era eu.

Meirelles & Almeida davam muito trabalho. O primeiro passou duas semanas sem comer e foi levado às pressas para o veterinário, que cogitou a hipótese de coletar sangue e tirar uma chapa de raios X do minúsculo pulmão — no dia seguinte aumentei a temperatura da água e ele voltou a se alimentar, ainda que do próprio cocô. Almeida ficou vários dias gripado, respirando ruidosamente e espirrando. "O espirro é a marcha a ré das tartarugas", declarei, após intensa observação.

Tornei-me especialista em quelônios, cantando "O jumento" e escovando seus cascos gosmentos. Eles se tornaram a minha companhia mais frequente: dormiam no meu pé enquanto eu escrevia e faziam xixi nos cantinhos do quarto quando estavam nervosos. Ao contrário dos gatos, prestavam muitíssima atenção nas minhas histórias e só muito raramente bocejavam na minha cara.

Quanto à convivência entre espécies, Meirelles era bastante sociável com os felinos. Passeando pelo apartamento, gostava de espezinhá-los até que fugissem e fossem se esconder no alto de um armário. Então ele juntava as patinhas e dormitava.

14 DE FEVEREIRO DE 2010
TRONO MANCHADO DE SANGUE (KUMONOSU JÔ, 1957, AKIRA KUROSAWA)

A Lia ficou chateada porque o Tito não tem uma chuquinha igual à do Toshiro Mifune. A única coisa que a deixou mais conformada foi o belo trailer em japonês de *Konichiwa Mizu*, drama nipo-brasileiro que versa sobre a mania de repetir "Konichiwa" para os vizinhos.

Ninguém anda para trás, para a frente e para os lados como Toshiro Mifune. Ninguém abre o olho, vejam só, como o ator japonês.

MARÇO DE 2010

O bom de saber o futuro é que podemos selecionar, reinterpretar e editar o passado à luz do que sabemos que veio a ocorrer. Um exemplo: considerar as explosões de raiva do Tito como um prenúncio. Sua facilidade de mentir e se amoldar à expectativa dos outros como pistas para sua verdadeira personalidade.

Apontar as minhas crises depressivas recorrentes, fontes constantes de incerteza para Tito, como fatores adicionais para o nosso afastamento. Ao chegar do trabalho, ele poderia encontrar uma esposa ansiosa ou mais calma, e eu também não podia saber de antemão em que pé andava o seu humor oscilante.

Comecei a sentir medo dele. Tentava não chateá-lo e deixar que se divertisse o máximo possível, saindo do caminho e evitando seus arroubos de irritação perante um compromisso indesejado ou uma expectativa frustrada. Enquanto ele se encontrava com os amigos ou viajava com eles, aproveitei sozinha aulas de dança, passeios de bicicleta e tardes ao sol. Nunca insistia para que comparecesse às festas da minha família.

O segundo ano de casamento foi ironicamente o mais fácil, pois aprendi formas de lidar com Tito sem provocar atritos desnecessários, ficando em silêncio e esperando a crise passar — o que também pode ser considerado um prenúncio. Talvez eu devesse ter sido mais megera.

22 DE MARÇO DE 2010
DE: LIA
PARA: TITO

Uma vez vi um sujeito entrando num bar com um mamão papaia. (Era um bar de família.) Ele sentou, ficou olhando o mamão, não lembro se chegou a pedir alguma coisa, mas foi embora logo, levando a fruta. Nunca vou conseguir explicar uma coisa dessas.

Ontem vi outra cena bizarra: quatro ou cinco velhinhos chegando ao bar com um maço de flores, um de cada vez, olhando, olhando, perguntando por uma tal de Nádia, pedindo aos garçons para ver se alguém por ali se chamava Nádia, depois finalmente a mulher chega e todos os velhinhos sentam à mesma mesa com ela. Dona Nádia na cabeceira tentando dar atenção para todos. Suspeitíssimo. Nessas horas eu acho melhor ficar sem entender, porque qualquer explicação não estaria à altura da descrição (pormenorizada) da cena.

2 DE ABRIL DE 2010
TWIN PEAKS: OS ÚLTIMOS DIAS DE LAURA PALMER (TWIN PEAKS: FIRE WALK WITH ME, 1992, DAVID LYNCH)

Conclusão não menos épica do já monumental épico sobre anões, *Twin Peaks*. Nele, nenhuma pergunta é respondida, todos os mistérios são dobrados e nada é oferecido ao contribuinte em troca das dezenas de horas acompanhando as agruras do núcleo jovem da trama.

Naturalmente, James Marshall é o real protagonista da série. Sua histórica interpretação do rebelde James Hurley vem a alçá-lo ao panteão de monstros sagrados do drama, como Laurence Olivier, Marlon Brando, Al Pacino e Dudley Moore. A técnica mambembe de James Marshall inaugurou uma escola dramática ainda mais forte do que o método de Stanislavski, e angariou estrelas como Hayden Christensen.

Durante a pesquisa posterior ao filme, a Lia não aguentou de medo e saiu correndo para se abrigar nos braços do Tito.

Que fique registrado que ela acertou, com mais de cinco episódios de antecedência, quem era o assassino de Laura Palmer.

11 DE ABRIL DE 2010

Lia, segundo os médicos:

F41.1 — 300.02 — TRANSTORNOS DE ANSIEDADE GENERALIZADA — DSM.IV
F34.1 — 300.4 — TRANSTORNO DISTÍMICO — DSM.IV
F51.1 — 307.44 — HIPERSONIA PRIMÁRIA — DSM.IV
G47.4 — 347 — NARCOLEPSIA — DSM.IV
F51.0 — 307.42 — INSÔNIA PRIMÁRIA — DSM.IV
F51.4 — 307.46 — TRANSTORNO DE TERROR NOTURNO — CID.10
F51.2 — 307.45 — TRANSTORNO DO RITMO CIRCADIANO DO SONO — CID.10
F60.5 — 301.4 — PERSONALIDADE OBSESSIVO-COMPULSIVA — DSM.IV
F95.2 — 307.23 — TRANSTORNO DE TOURETTE — DSM.IV

15 DE ABRIL DE 2010
CUPIDO NÃO TEM BANDEIRA (ONE TWO THREE, BILLY WILDER, 1961)

Em 1961, Billy Wilder foi a Berlim filmar o terceiro ato de *Cupido não tem bandeira*. Na história, a filha do chefão da Coca-Cola se apaixona e se casa secretamente com um comunista de Berlim Oriental durante uma viagem de férias à capital alemã. Apavorado, o encarregado da filial germânica (James Cagney) se vê obrigado a encobrir o fato e transformar o rapaz num orgulhoso capitalista aos olhos do sogro, em visita à Europa.

Wilder acabara de dar início à última etapa de filmagens no Portão de Brandeburgo quando foi surpreendido pela construção do Muro de Berlim. O que era para ser uma comédia farsesca se transformou em tragédia — ninguém mais achava graça num lugar onde as pessoas eram mortas tentando ultrapassar a fronteira. Por isso, na época, o filme foi um fracasso.

Hoje é considerado *cult*, uma farsa de primeira classe escrita em ritmo alucinante. A verve e o *timing* do ator principal também ajudaram: ele passa o filme inteiro esbravejando com o casal e fala tão rápido que quase não há tempo para limpar os óculos. Wilder fez uma única anotação de direção no topo do roteiro, que foi seguida à risca: "Esta obra é para ser filmada em ritmo *molto furioso*. Velocidade sugerida: 170 km/h — nas curvas — e 220 km/h nas retas."

O corroteirista de *Cupido não tem bandeira* foi o lendário I.A.L. Diamond — segundo Wilder, "o melhor colaborador desde Quisling".

CENA: Numa espécie de prévia à dança de Shirley MacLaine em *Irma La Douce*, a secretária alemã (Lilo Pulver) tira os sapatos, sobe na mesa do bar e dança para a delegação russa que representa o Secretariado dos Refrigerantes.

FRASE: Peripetchikoff: "Você sabe o que acontece se eu desertar? Eles enfileiram a minha família num muro e a fuzilam! Minha esposa, minha sogra, meu cunhado, minha cunhada... [*Faz uma pausa.*] Vamos em frente!"

Um ano antes
MAIO DE 2010

No livro *Blink*, o jornalista Malcolm Gladwell fala de John Gottman, um psicólogo que consegue prever as chances de um casamento fracassar nos anos seguintes. Ele filmava brigas prosaicas sobre assuntos menores — por exemplo, o cachorro da família — e analisava os resultados segundo um código de microemoções apresentadas pelos cônjuges. O valor para repulsa, por exemplo, é 1, desdém é 2, raiva é 7, atitude defensiva é 12 e indiferença é 14. Ele media também a temperatura corporal e os batimentos cardíacos de cada cônjuge durante o sururu.

Segundo Gottman, há uma espécie de rotina específica para cada relacionamento; uma assinatura distintiva que surge natural e automaticamente durante a conversa. Para prever as chances de divórcio basta reconhecer esse padrão e analisá-lo.

Os quatro maiores indicativos de que é hora de contratar um advogado e resolver a guarda das crianças são, na ordem: desdém, reprovação, indiferença e atitude defensiva. Desdém é o pior de todos.

Além disso, Gottman se refere a dois momentos distintos num casamento: o primeiro é chamado de prevalência de sentimentos positivos, quando as emoções boas suprimem as más, feito atenuantes. Nessa fase, o cônjuge está disposto a relevar os defeitos do outro, justificando-os sempre que possível. Na outra fase, acontece o contrário: os sentimentos negativos prevalecem sobre os positivos, e tudo é visto como sinal de negligência ou crueldade. Nessa hora, os cônjuges tiram conclusões definitivas (e negativas) sobre as ações do outro.

"Quando o balanço de emoções começa a desandar para o negativo, há 94% de chances de continuar descendo. Uma tendência ao declínio que dificilmente os cônjuges são capazes de conter."

7 DE JUNHO DE 2010

Ambos éramos obsessivos. Certa madrugada, passamos horas colando figurinhas em um álbum de futebol. E revendo o trecho de *Um convidado bem trapalhão* em que Peter Sellers pisa na ração dos pássaros e repete: *birdie num num*. Outra vez, tentamos assar um peru no Natal, com resultados patéticos. Levamos duas horas e meia para fazer macarrão ao sugo com *nuggets* de frango, revestindo a parede da cozinha de pedaços de tomate. Quase botamos fogo na colher de pau.

O Tito tinha mania de colecionar coisas estranhas: pedras, recibos, um robô quebrado de plástico, uma espada de samurai, um busto do Lênin, uma máquina quebrada de fliperama. Uma vez pedi que ele fizesse uma triagem no conteúdo de uma caixa enorme e só o que me deixou jogar fora foi uma folha de papel em branco. Ainda assim, com cautela: analisou-a por alguns minutos, tentando definir se haveria algum tipo de correlação sentimental ou mancha reveladora que lhe escapara. "Não. Acho que é só uma folha em branco mesmo", concluiu.

Era fácil se deixar levar pela empolgação de Tito com as coisas. Ele possuía treze consoles de videogame e uma mala cheia de cabos coloridos. Por motivos não só profissionais, gostava de adquirir todo tipo de geringonça eletrônica e mecânica — insistiu para que comprássemos uma máquina de fazer arroz, uma esteira de corrida, um fliperama e uma pipoqueira. Não podíamos assistir aos programas de televendas sem que ele morresse de amores por uma escada multifásica ou um colchão de ar, e eu precisava tirar o telefone de perto para evitar a falência. Quando algum objeto caía no chão e quebrava, ele ficava inconsolável. Quando ganhava presentes, era de uma euforia de sair rolando.

Com o tempo essa empolgação desvanecia e o produto acabava encostado num canto, pegando pó. O principal exemplo foi um Xbox antigo e caro que Tito encomendou da China e veio de navio, demorando aproximadamente um mês para chegar. Ele rasgou a caixa, ligou o aparelho e passou a noite inteira feliz da vida. "Olha só como é feio!", mostrava, manuseando o item com carinho. Na manhã seguinte, notou que o videogame viera com um pequeno defeito, um *bug* que fazia os jogos travarem de vez em quando. Desanimou. Encostou-o numa prateleira e nunca mais mexeu no brinquedo.

Acho que fui um Xbox antigo e feio na vida do Tito, uma geringonça que veio de longe e demorou um tempão para chegar. Mas que possuía defeitos; então ele enjoou e trocou por um outro.

12 DE JULHO DE 2010
NINOTCHKA (ERNST LUBITSCH, 1939)

Diz-se que o roteiro de *Ninotchka* foi escrito a partir do slogan: "Garbo ri." Conhecida por sua interpretação sisuda em papéis trágicos, a atriz estreou na comédia como uma fria comissária russa destacada para uma missão no estrangeiro: vender uma coleção de joias imperiais e trazer de volta três colegas que falharam na empreitada. Chegando em Paris, a comissária enfrenta a resistência da ex-proprietária das joias, a duquesa Swana, e seu amante, Leon, que passa a cortejá-la.

Foi uma oportunidade perfeita para Billy Wilder (que assinou o roteiro com Charles Brackett e Walter Reisch) exercitar uma de suas especialidades: respostas duras, secas, chandlerianas.

Ainda que exposta aos luxos parisienses e às investidas de um sedutor implacável, a personagem Ninotchka parece que nunca vai amolecer. Ela enxerga tudo com olhar técnico e diz que determinada coisa "irá custar sete vacas ao povo russo". Fica interessada pelos esgotos da cidade e as medidas dos edifícios. Em visita à Torre Eiffel, pergunta a largura exata dos alicerces e sua profundidade, e quanto tempo um homem levaria para cair.

Assim como a Lia em seus momentos mais durões, ela encara o apaixonado Leon e pergunta: "Você precisa mesmo flertar?" Quando ele a convida para jantar, Ninotchka responde que já ingeriu todas as calorias necessárias para o dia.

Não por acaso, *Ninotchka* é um dos filmes preferidos do próprio Ernst Lubitsch. Dezoito anos depois, foi refilmado como musical (*Meias de seda*, 1957, de Rouben Mamoulian), mas sem o mesmo brilho literário.

Leon: "Você gosta de mim pelo menos um pouco?"
Ninotchka: "Sua aparência geral não é desagradável."
Leon: "Obrigado."
Ninotchka: "O branco dos seus olhos é impecável. Sua córnea é excelente."

AGOSTO DE 2010

Com o tempo, descobri que Tito se tornara um adepto da Programação Orientada a Gambiarras (POG), metodologia que consiste em encontrar soluções rápidas e inconsistentes para problemas de programação. Baseia-se em conceitos como duplicação de código, fluxos redundantes, tarefas desnecessárias, funções absurdas e remendos de toda ordem.

Um dos axiomas dessa técnica era: "Para cada problema resolvido usando POG, mais uns sete são criados. Mas todos serão resolvidos da forma POG, donde POG tende ao infinito."

Segundo Tito, os erros só existiam quando apareciam. O segredo era escrever o código da forma mais fácil, dar *commit* e pronto. Isso tudo ele me explicou meio bêbado, durante uma festa com colegas de trabalho, da qual participaram Josef e Leo. "Para cada Design Pattern que você usa corretamente, seus colegas gerarão dez vezes mais código podre usando POG. É por isso que não adianta resistir", justificou. "Todo programa contém em si uma parte de código que ninguém sabe explicar o que faz e uma linha com os dizeres: /*Esse trecho do código foi inserido de qualquer jeito, porque o pessoal acha que aqui é pastelaria...*/."

A primeira POG da história foi praticada em 1582 d.C. pelo papa Gregório XIII, e se chamou Ano Bissexto. Quando os cientistas anunciaram que a Terra levava 365,25 dias para dar uma volta em torno do sol, Sua Santidade não se incomodou em corrigir o "sistema". Ele decretou: "É só colocar mais um dia a cada quatro anos."

Achei graça e duvidei que Tito seguisse essas regras — era só discurso de malandro, uma forma de se gabar às avessas e rejeitar a fama de moço bem-comportado. "Testar para quê? Se o código compilar é o que basta", ele repetia. A regra básica da turma era "dar *commit* antes de *update*", garantindo que sua parte estivesse correta e deixando que os outros se virassem com o resto.

Um exemplo de POG aplicada na vida cotidiana é quando nomeamos arquivos de backup como backup.zip, backup1.zip e backup_ultimo.zip. Em caso de necessidade extrema cria-se backup_ultimo_ultimo.zip ou backup_ultimo_ultimo_agora_eh_verdade.zip. O nome do arquivo deve ser sempre maior do que em sua versão anterior, evitando assim a fadiga de ter que organizar as coisas de forma limpa e funcional.

Nosso amigo Leo lamentava que o espírito POG fosse tão frágil — era questão de tempo para o sistema travar de vez e todos os envolvidos serem demitidos. Quanto maior a duração, maior a sujeira do código, então o recomendado era pular de empresa para empresa, rezando para que o seu predecessor não fosse adepto da POG. "Eu mesmo deixei de herança por aí uns cinco sistemas porcos, que ainda funcionam. Ainda", declarou.

Tito discordava veementemente dessa postura. Disse que era fácil se safar dessa forma, e até ganhar fama trabalhando mal e porcamente. "Eu posso passar a vida inteira praticando a POG. Sou o melhor do ramo no país", riu. Seus programas nunca tinham *bugs*, apenas "funcionalidades aleatórias".

Naquela noite, Tito revelou ao público que seu objetivo de carreira era evoluir para uma cultura de excelência na Codificação Acochambrada Completa e Adaptável (CACA), sem que ninguém percebesse a constante implementação de *workarounds* (gambiarras) no ambiente de trabalho. Ficou de escrever um documento-base para a elaboração de remendos, identificação de mancadas e ações de acobertamento dentro de uma estratégia global de melhoria do disfarce dos processos. O que importava era "pagar de competente", não importando se existia ou não competência.

Por fora eu dei risada, mas por dentro fiquei séria e triste. (Outra de nossas frases curinga que usávamos em ocasiões diversas, nem sempre adequadas.)

7 DE SETEMBRO DE 2010
DE: TITO
PARA: LIA

Para se declarar a uma mulher, é preciso
descobrir em que arquitetura ela opera, qual
o conjunto de instruções suportadas (no caso
da Lia, não existe documentação _alguma_)
e a ordenação básica dessas instruções. Donde:

```
while true do
self.love_you()
end
```

10 DE SETEMBRO DE 2010
AMOR NA TARDE (LOVE IN THE AFTERNOON, 1957, BILLY WILDER)

Em entrevistas, Billy Wilder dizia que a receita de um bom roteiro estava no enredo. "Atmosfera, intriga, ela vai matá-lo, ele vai matá-la, meu Deus, o que irá acontecer com o filho ilegítimo... não interessa o quê, mas que agarre o espectador", afirmava. Nesta comédia romântica de duas horas e dez minutos de duração, Wilder agarra o espectador com um enredo minuciosamente esculpido: Ariane Chavasse (Audrey Hepburn) é a filha de um detetive particular (Maurice Chevalier) que investiga casos de adultério. A inocente Ariane se envolve num desses casos, o de Frank Flannagan (Gary Cooper), um solteirão mulherengo que se hospeda no Ritz e seduz mulheres casadas. Ariane se apaixona pelo americano e, para provocar ciúmes, inventa que é uma mulher experiente.

Numa das melhores cenas do filme, Frank ouve uma gravação muito séria sobre quantos homens Ariane já teve na vida: "Aqui vai uma lista daqueles de quem me recordo." São dezenove itens que começam com um professor de álgebra ruivo e terminam com um alcoólatra holandês, passando por um rapaz adorável que agora é missionário na África Equatorial Francesa e um guia alpino de joelhos bonitos.

O Tito não quis admitir, mas gostou muito do filme e foi visto pela sala aos rodopios, com ar sonhador.

27 DE SETEMBRO DE 2010

Então nós fomos para o Maranhão. Alugamos um chalé à beira-mar na praia de Itatinga e passamos dez dias lendo e tomando sol. À noite, deitávamos num colchão no deque e ficávamos olhando as estrelas, fazendo planos para o futuro e gritando coisas sem sentido em direção à África. Nos primeiros dias, o Tito disse que queria voltar para casa — estava sentindo falta da televisão e do computador —, mas depois começou a achar graça e sossegou. Levamos o *Twilight Struggle* e uma pilha de livros de aventura.

A praia era praticamente deserta, com a areia muito clara e fina, repleta de peixinhos coloridos. Acordávamos cedo e saíamos para andar pela orla. O centro era bonitinho, com ruas de pedra e casas do tempo colonial. Visitamos também um insólito museu espacial, andamos de caiaque, pegamos uns carrapatos. O Tito ficou com o cabelo muito claro, quase loiro, e os pescadores passaram a chamá-lo de Alemão. Eu era "a mulher do Alemão", que ia todos os dias ao mercadinho comprar leite achocolatado.

Certa manhã, quase me afoguei. Nadava sozinha há mais de uma hora quando comecei a ser levada cada vez mais para o fundo, e não conseguia voltar. O Tito estava lendo na areia e achou que meus acenos desesperados eram apenas manifestações de euforia — acenou de volta, feliz da vida, enquanto eu tossia e gritava em vezes alternadas. Consegui voltar à terra firme, mas bebi muita água salgada e passei mal.

Fomos obrigados a voltar dois dias antes ao receber a notícia de que Macavity estava doente, vomitando sem parar. Dias depois, nosso gato teve que ser sacrificado.

OUTUBRO DE 2010

Conversa de café da manhã: Brezhnev dá início a uma apresentação (com papel na mão).
"Camaradas sionistas!"
Surpresa e confusão na sala. Brezhnev interrompe a leitura, examina o papel com mais atenção e recomeça:
"Camaradas! Sionistas estão novamente preparando..."

NOVEMBRO DE 2010
DE: TITO
PARA: LIA

Você decidindo o que vai comer no caminho da padaria.

Você tentando encaixar o pedido (leite desnatado, iogurte, açúcar e morango) na janela mínima de atenção do atendente.

Você dando nomes ("estrela de rock decadente") para os frequentadores da padaria e sendo assediada por eles.

Você guerreando com as moscas do lixo (e perdendo).

Você me dando a mão e tendo paciência e cuidando de mim quando estou triste.

Você na feira, às sete da manhã, mastigando um pastel.

Você nos seus piores momentos, confusa, perdida, com medo, tendo onde cair e quem abraçar.

Você decidindo que a gente ia parar de frequentar a Flor de Abril e passar a frequentar a Condessa da Abílio.

Você tentando descobrir quem era o conselheiro Nébias.

Você cuidando dos problemas dos outros, dos ventiladores da Clarice à tartaruga do Barba.

Você cuidando dos seus problemas com coragem e determinação.

Você com medo de filme de terror.

Você fazendo planos, você cumprindo esses planos.

Você fazendo listas infinitas que em si continham listas com listas das listas que você tinha feito no dia anterior remetendo a décadas de listas.

Você planejando qualquer coisa, uma ida ao supermercado que seja. ("Você vai *visitar* Berlim ou pretende *invadir* a cidade?")

Você em qualquer seção de doces de qualquer estabelecimento e com qualquer doce.

Você diante de chocolate, que era algo acima do doce.

Você dançando. Você se mexendo. ("Ninguém anda para trás, para a frente e para os lados como Toshiro Mifune.")

Você sapateando.

Você rindo das minhas dancinhas.

Você em Berlim, cada passo que a gente deu.

Você feliz com minha felicidade, mesmo que seja num filme idiota dos *Transformers*.

Você sofrendo pela família do pato que a gente mata todos os anos.

Você melhorando, saindo da nuvem cinza, a mulher mais linda do mundo.

Você fazendo curva à direita de bicicleta. E caindo.

Você descobrindo os planetas e as estrelas na praia.

Você diante de qualquer musical ou filme tolo feito antes do advento da cor.

Você triste quando a gente largou *O grande livro do cinema*.

Você me deixando ler de vez em quando o seu diário.

Você testando sofás na loja.

Você dormindo. Você acordando. Você falando "bolinho".

Você comendo bolinho, olhando para cima sem erguer a cabeça, para ver se alguém estava notando os modos trogloditas.

Você lidando com poetas mambembes. Você falando a palavra "mambembe" sempre com gosto.

Você no restaurante me pedindo que encubra sua figura enquanto lambe os restos da sobremesa.

Você num jantar chique tentando decidir qual a ordem certa dos talheres e de que forma comer "aquele molusco nojento".

Você achando que o molusco continua vivo no seu estômago até hoje, crescendo copiosamente.

Você apoiando um copo de Fanta sobre uma cristaleira original de Luís XIV, pensando que fosse uma "mesinha de canto metida a besta".

Você comendo duas sobremesas em Varsóvia, querendo compensar o fato de ter pedido sem querer um fígado de boi.

Você entrando num restaurante alemão só para pedir mais uma fatia de um bolo chamado "Morte por Chocolate".

Você fazendo aniversário.

Você mostrando sinais de flacidez na pele da mão.

Você tirando uma tigela de crepes do *freezer* e gritando: "Meu amor, por que você congelou as bolachas?"

Você voltando da natação.

Você comendo aquele peru de Natal com gosto de borracha, dizendo: "Não ficou tão ruim", e sofrendo de severa intoxicação alimentar nos dias subsequentes.

Você tropeçando com uma salada na frente do prédio e jurando que os operários cimentaram a calçada com um pepino por baixo.

Você esperando nascer a árvore de pepinos.

Você transplantando flores num vaso e se sujando toda de terra.

Você espirrando.

Você escrevendo em código Morse.

Você usando uma bússola. Você e sua absoluta falta de senso de localização.

Você arrumando qualquer coisa, uma gaveta que seja.

Você.

12 DE JANEIRO DE 2011
Conversa pelo telefone:

TITO: Quais são os planos para hoje?
LIA: Guerra Fria, camarada Boris! É hoje que o Tio Sam vai dizimar os vermelhos.

EARLY WAR

"Existe uma hora, um minuto — do qual você se lembrará para sempre — em que se descobre instintivamente, com base nas evidências mais insignificantes, que algo está errado. Você não sabe — e nem tem como saber — que é o primeiro de uma série de acontecimentos 'errados' que culminarão na absoluta destruição da vida como você a conhecia."
(JOYCE CAROL OATES, *A WIDOW'S STORY: A MEMOIR*)

47 dias antes
6 DE ABRIL DE 2011, QUARTA-FEIRA

Hoje finalmente o céu abriu e, voltando da natação, deu para ver Saturno. Ou o que eu pensava ser Saturno: o planeta estava lá, no alto do céu, meio alaranjado e olhando para mim no caminho de volta para casa, na esquina com a rua Sabiá.

É claro que não era Saturno, pois este ainda demoraria algumas horas para subir no horizonte leste, mas isso eu ainda não sabia. Fato é que o céu estava limpo e seria a minha primeira oportunidade decente de usar o binóculo astronômico que eu comprara de Natal para Tito, feito a bola de boliche que o Homer Simpson dá de presente para a Marge.

Entrei no apartamento absolutamente em chamas, gritando: "Saturno! Vai dar para ver Saturno!", e dei de cara com um Tito mal-humorado, trabalhando no computador. Peguei o binóculo e tentei olhar pela janela, sem sucesso. Estava calor e ele não parecia minimamente contagiado pela minha avidez astronômica. Pedi que me emprestasse o iPhone por um instante para que eu pudesse levá-lo ao quintal do prédio, a fim de confirmar a localização do planeta através de um aplicativo de reconhecimento do céu. O Star Walk identifica corpos celestes via GPS, bastando apontar o aparelho para a abóbada. Nas últimas férias, utilizamos o programa todas as noites, e possivelmente foram nossos últimos dias felizes — em setembro do ano anterior, no Maranhão.

Naquela noite, sentado no escritório de casa, Tito respondeu que não me emprestaria o aparelho. Era um objeto pessoal ("escova de dentes dos afetos", declarou) e não queria que eu o usasse em nenhuma hipótese, nem no quarto ao lado. Pedi, então, que ele descesse comigo por um instante só para identificar Saturno. Ele respondeu aos berros, dizendo que estava trabalhando e precisava de paz.

Imaginei que fosse por causa das mensagens obscenas que ele andava recebendo dos amigos, uma espécie de maçonaria de marmanjos que começara no ano anterior e era a grande alegria da vida de Tito. Quinze homens, na casa dos trinta anos, trocando centenas de e-mails diários em um grupo que se identificava pelo assunto da primeira mensagem trocada: Pacto de Varsóvia (PDV), com anedotas e fotos do tratado de "amizade, cooperação e assistência mútua" firmado em 1955 pelos comunistas. Muitos eram programadores, mas nem todos. Lá eles criticavam virtualmente todo mundo: amigos, inimigos, chefes, mulheres. Falavam, por exemplo, das colegas gordas nos termos mais degradantes, e compunham poemas idiotas sobre pessoas próximas de quem não gostavam.

A fraternidade estava ficando progressivamente mais pesada e envolvia relatos de traições na vida real — muitos se gabavam de serem desonestos, arrogantes, machistas. Alguns trocavam informações e punham à disposição de seus pares as próprias ex-namoradas. Eram covardes e se tinham em altíssima conta. Gostavam de alardear total adesão à metodologia da Programação Orientada a Gambiarras.

Eu conhecia vários deles, como Josef e Leo, que participavam do PDV e acabaram se tornando mais próximos de Tito do que de mim.

Naquela noite, desci sozinha ao quintal do prédio, munida de um binóculo, um tripé e uma bússola. Acabei encontrando Saturno de verdade, embora me restassem algumas dúvidas que só seriam dissipadas semanas depois, quando Tito me vendeu seu iPhone antigo e comprou um novo para ele. O porteiro Barba ficou intrigado com a minha movimentação na penumbra das câmeras de segurança, e eu fiquei ainda mais envergonhada por ter que explicar o que fazia deitada no chão com um binóculo apontado para o alto, no mais puro breu. Enquanto olhava os anéis inclinados lá em cima, pensei que essa minha constante vida de viúva não era nada divertida, e que alguma coisa não ia bem. Eu estava brava, muito brava.

Para piorar, sentia uma nuvem leve de depressão que poderia se adensar a qualquer momento, caso as circunstâncias ficassem mais difíceis ou eu não tivesse o apoio necessário do meu marido.

Mais tarde, Tito me pediu que fosse comprar cigarros, e eu nem respondi. Ele já não se lembrava do episódio de Saturno, que catalogou mentalmente como besteira.

Notas esparsas

"Meu marido é o homem mais leal do planeta, até deixar de ser."
(GILLIAN FLYNN, *GAROTA EXEMPLAR*)

---

42 dias antes
11 DE ABRIL DE 2011, SEGUNDA-FEIRA

No dia 11 de abril, recebi um e-mail. Curioso é perceber que ele foi imediatamente classificado como spam — "Nota Fiscal Eletrônica de Serviços — Hotelaria My Way — Fórmula Indy". Não fiz caso e o mandei à lixeira, mas há certas coisas que não conseguimos tirar da cabeça, seja slogan de vereador, refrão de música pop ou a ideia fixa de comer um pão de mel com licor. No fim da tarde, algo me fez voltar àquele e-mail, ainda não totalmente deletado, e resgatá-lo à caixa de entrada. Havia uma discreta pulga atrás da minha orelha. A Nota Fiscal de Serviços, emitida por médicos, academias e hotéis, estava em nome do meu marido, que aparentemente havia usufruído uma diária em um estabelecimento hoteleiro. Como eu é que havia cadastrado o CPF dele no sistema, o e-mail-padrão para envio de notas fiscais era o meu.

Se escrevo, sem grandes rodeios, é porque a história toda assim se apresentou: uma sucessão de erros e descobertas que foi parar bem longe de onde começara.

Era uma segunda-feira, dia de natação. Tito chegou do trabalho, me pôs a par das notícias e me desejou um bom treino. Mas algumas coisas, como eu já disse, têm essa estranha característica de não desgrudar de nós, e na volta minha angústia era grande o bastante para que eu fosse procurá-lo.

"Posso te fazer uma pergunta?", eu disse, já de banho tomado e diante do computador. "Você chegou a se hospedar esses dias em algum hotel?"

A conversa que se seguiu foi carinhosa, surreal e engraçada, bem do jeito que costumávamos ser: primeiro, Tito soltou um "ãhm?" comovente, pediu para ver o e-mail e contra-argumentou com um irrefutável: "Você se lembra de eu ter passado alguma dessas noites fora de casa?" Não, eu não me lembrava. Estava um pouco envergonhada, mas ele garantiu que não havia com que se preocupar — só podia ter sido um erro na emissão da nota. Alguém devia ter fornecido o número errado do CPF. Se eu quisesse, podíamos pedir satisfações por e-mail e solicitar as fitas das câmeras de segurança do hotel — "Você acha o quê, que eu tenho uma amante?"

Naquela semana, aproveitamos ao máximo as piadas relativas à suposta amante de Tito, e foi efetivamente engraçado. Tito costumava dizer que nunca conseguiria ser infiel — não porque não quisesse, mas porque não teria capacidade. Faltavam-lhe organização, método e disposição, coisas que ele não tinha nem com a titular, quanto mais com uma estepe? Ele não conseguia manipular as pessoas, só os números e os códigos de programação.

"*I'm not a crook.*"

Ainda na segunda-feira, chorei diante dessa hipótese e ele me acalmou com candura, reiterando que nem sequer sabia da existência de um hotel naquele endereço, perto da empresa onde trabalhava, e que eu poderia olhar o extrato pela internet, se quisesse. Eu não queria. Se Tito dizia que havia sido um erro, então pronto — era o que me bastava. Assunto encerrado. Além do mais, eu não acreditava que alguém seria capaz de mentir com tanta frieza e naturalidade. Era simplesmente impossível, e até hoje penso o que teria acontecido se eu tivesse de fato encerrado o assunto ali mesmo.

Confessei até ter formulado uma teoria durante a natação, segundo a qual ele teria reservado um quarto para um dos colaboradores da firma, a pedido da Thaís, assessora de negócios que era também nossa amiga. Mais tarde, Tito confessou que essa minha desculpa era bem melhor do que a dele, e que passou o resto daquela noite se lamentando por não ter pensado em algo do tipo.

Notas esparsas

"Em suma, era o melhor rapaz do mundo, contanto que não lhe estorvássemos os prazeres."
(ÉMILE ZOLA, "NAÏS MICOULIN")

---

41 dias antes
MADRUGADA DE 12 DE ABRIL DE 2011, TERÇA-FEIRA

Na noite em que recebi o e-mail, esperei Tito ir dormir e entrei no GTalk. Alguns detalhes vinham me incomodando havia algum tempo, culminando no incidente do iPhone, e chamei nosso amigo Leo para conversar pelo *chat*. Havia marcado com ele antes mesmo de receber o e-mail, portanto a conversa versou apenas sobre estes outros tópicos: Tito estava distante, não ia comigo a lugar nenhum, parecia ter coisas a esconder. Por mais que eu tentasse, não conseguia me aproximar dele. Tito andava mais explosivo do que o normal e eu temia que estivesse me escondendo algo. Nem cheguei a mencionar o e-mail, que àquela altura não me preocupava.

Leo era um dos colegas de trabalho de Tito e membro do PDV — a tal confraria do Pacto de Varsóvia. Também fora meu amigo de cursinho, antes mesmo de eu conhecer meu marido, e julgava haver um carinho especial entre nós.

Disse que estava preocupada (chorei mais uma vez) e que sabia que eles compartilhavam muita coisa no Pacto. Não pedi que dedurasse ninguém, só que me alertasse: queria saber se havia algo com que me preocupar. Alguma coisa sobre ele estar saindo com outra menina, não gostar mais de mim, algo que conferisse à minha angústia qualquer tipo de fundamento. Invoquei nossa amizade antiga para pedir que me avisasse, pois a coisa que eu mais odiava no mundo era ser feita de boba. Eu aguentaria o que quer que fosse, contanto que se tratasse da verdade.

Foi para Leo que contei pela primeira vez uma história particularmente tola — e sem clímax — sobre o quanto eu odiava ser feita de boba: no dia do meu aniversário de dezesseis anos, estava acampando com amigos e sabia que eles haviam me preparado uma comemoração. Quando acordei, eles agiam de forma suspeita e me pediam que fizesse isto ou aquilo, na tentativa de desviar a minha atenção. Fiquei fula porque sabia o que estava ocorrendo e não aguentei o olhar de superioridade dos outros diante de um segredo que eu supostamente teria que desconhecer — fiquei tão irritada, enfim, que estraguei a minha própria festa-surpresa.

Leo deu risada e me acalmou. Disse que eu estava, sim, sendo paranoica, que Tito me amava muito e não havia nenhum indício de que estaria saindo com outra pessoa. Disse que eu podia confiar nele, Leo, para tudo o que eu precisasse, e que de fato a nossa amizade era muito valiosa. Acho que aquela foi a última noite do ano em que dormi verdadeiramente aliviada. Eu estava enlouquecendo, não havia dúvida, e foi preciso a intervenção de uma terceira pessoa para me acalmar.

No dia seguinte, contei a Tito sobre a conversa com Leo, falei das minhas preocupações, admiti que devia estar ficando meio doida e ele riu.

66 anos antes
22 DE MAIO DE 1945
Operação Impensável

Muitos dizem que a Guerra Fria começou oficialmente nos estertores da Segunda Guerra, com a criação da Cortina de Ferro e a instauração da Doutrina Truman, seguidos do Plano Marshall e do bloqueio de Berlim. Não raro, os historiadores contemplam o período com grande sobriedade e senso de importância, quando de fato deveriam é priorizar o lado absurdo da coisa.

O objetivo desta dissertação não é desautorizar tais relatos, mas defender uma hipótese alternativa: a Guerra Fria começou de fato em 1945, com a Operação Impensável. Aí, sim, começamos a vislumbrar o grau de loucura a que chegaram os estrategistas de ambos os lados.

Duas semanas após o término da Segunda Guerra em solo europeu, o então primeiro-ministro britânico, Winston Churchill, encomendou aos militares um plano-surpresa de ataque à União Soviética. A ofensiva, que fatalmente deflagraria a Terceira Guerra Mundial, já tinha data marcada: 1º de julho de 1945.

Recebeu o codinome de Operação Impensável (*Operation Unthinkable*) e contaria com a ajuda de divisões norte-americanas, britânicas e polonesas ainda estacionadas na região. Churchill também pretendia recrutar ex-tropas nazistas para a missão, devolvendo-lhes as armas entregues no período de rendição.

Segundo o relatório secreto, liberado ao público em 1998, o objetivo da Operação Impensável era "impor à Rússia a vontade das potências ocidentais", garantindo um acordo justo para a Polônia, com a adoção de eleições livres e democráticas. Uma rápida incursão bélica poderia convencer os russos a acatar tais vontades — ou não. "Isso será decisão deles. Se quiserem entrar numa guerra total, têm condições de fazê-lo", afirma o documento.

De acordo com a avaliação dos militares, a ofensiva contaria com o apoio da opinião pública norte-americana e britânica. Como represália, Stálin certamente invadiria a Turquia, a Grécia, a Noruega e os campos petrolíferos do Irã e do Iraque, além de lançar operações de sabotagem contra a Holanda e a França.

Ponderando todas as variáveis, os estrategistas de Churchill concluíram que o "impensável" era uma péssima ideia. Além das razões mais óbvias — a devastação material e moral de países envolvidos em um conflito que mal acabara —, havia uma clara inferioridade numérica em jogo. Segundo estimativas, o Exército soviético possuía na Europa Ocidental quatro vezes mais soldados e duas vezes mais tanques do que os americanos e britânicos juntos.

Ao saber do plano, o chefe do Exército britânico, general Alan Brooke, ficou horrorizado. Disse que Churchill estava implorando por uma nova guerra e admitiu que as chances de sucesso eram praticamente nulas.

Também os americanos se mostraram incrédulos e se recusaram a participar do Impensável. Só depois da negativa de Harry Truman é que Churchill abandonou o projeto, decidindo que a Grã-Bretanha se concentraria na defesa.

Mais tarde, disse que o Impensável não passava de uma "contingência puramente hipotética".

37 dias antes
MANHÃ DE 16 DE ABRIL DE 2011, SÁBADO

Os dias se passaram e eu não perdia a oportunidade de invocar a amante imaginária de Tito, que bem poderia ir à cozinha pegar água, fazer massagem nos pés dele e lavar suas cuecas. Eu agradeceria muito. Ele também fez umas piadas muito boas que infelizmente nunca poderão ser adequadamente apreciadas por causa da realidade, que insistiu em estragar tudo. (Como escreveu a romancista Elvira Vigna, em *Nada a dizer*: "Essa brincadeira também sumira, junto com as outras coisas, porque a graça era justamente sua total impossibilidade. Ter um amante, para Paulo ou para mim, sempre foi algo inimaginável. E, portanto, engraçado de imaginar.")

Mas uma casa sem tapetes é uma casa sem tapetes, e mais uma vez havia algo deslocado naquela história, algo que eu não sabia bem o que era.

Movida por essa sensação incômoda — e mediante solicitação de Tito, que me pedira que comprasse pela internet um apoio ergonômico para os pés —, acessei a conta-corrente dele e caí na tela do extrato. Como Tito era desorganizado e esquecido, era eu quem pagava as contas em seu nome, fazia transferências, checava depósitos. Olhei na semana do dia 10, época da emissão da nota, e não havia nada. Tito estava tomando banho e eu, mais uma vez, pretendia lhe dizer que estava sendo desvairada e paranoica. Sei lá por quê, resolvi subir a seta para a semana anterior, e foi quando vi um débito no Fórmula Indy, com a data de 1º de abril.

Foi o primeiro chute na boca, e já veio quebrando meu maxilar. Quando Tito saiu do banho, a mesa já estava forrada com extratos do cartão de débito tirados de sua carteira, que eu, absolutamente fora do ar, me ocupava em checar um a um. Ele olhou para mim, viu o que eu fazia e reagiu aos berros: "Você está OLHANDO OS meus EXTRATOS?" Eu disse que sim, sem erguer os olhos. Ele pediu satisfações, ainda furioso: "Você ABRIU a minha CARTEIRA para OLHAR OS meus EXTRATOS?" Então eu contei o que tinha visto na tela do banco.

Finalmente percebi que não fazia o menor sentido checar os extratos àquela altura. Me levantei e comecei a arrumar as coisas. Iria para a casa dos meus pais porque ele havia mentido. Enquanto eu fazia a mala, Tito me seguia aos berros, utilizando sua boa e velha tática de intimidação quando se via acuado. "Eu vou tomar banho e você sai OLHANDO AS MINHAS COISAS?" Ficou repetindo: "O que você está querendo dizer? O que está querendo dizer?", na expectativa de que eu verbalizasse aquilo que nem ele tinha coragem de exprimir. "O que você acha que aconteceu, hein? Pensa bem! O que você acha que aconteceu?"

"Eu não sei. Você mentiu para mim. Deve ter saído com outra mulher."

"Pensa bem! Raciocina! Quem você acha que eu estou encobrindo...? Pensa!"

Foi assim que ele botou a culpa em Josef, que também era casado e cuja esposa eu conhecia. Foi uma tacada de mestre, já que aproveitava alguns boatos recentes sobre Josef e combinava perfeitamente com seu caráter. A questão é que ele era um dos meus melhores amigos, ainda mais que o Leo. Tínhamos sido sócios e ele fora padrinho do nosso casamento. Josef era meu amigo de infância e me chamava de "irmãzinha", mas eu decidira me afastar dele depois de ouvir os tais rumores — que posteriormente se provaram verdadeiros. A alegação de Tito era verossímil e eu acreditei.

Dentre todas as palavras que ele usou, dessas vou me lembrar para sempre: "Você está duvidando de mim?", ele repetia. "Você acha que EU te traí? Que eu fiquei com outra pessoa e depois tive coragem de me deitar na mesma cama que você, de andar de mãos dadas com você, como o Josef…? Eu não sou mau-caráter. Essas coisas não acontecem de um dia para o outro, e eu não sou mau-caráter."

Richard Nixon sorrindo com os braços abertos: "*I'm not a crook.*"

Na sequência, Tito chorou muito e me implorou para não ir embora. Falei que ele havia mentido na minha cara, feito uma coisa muito errada ao encobrir um amigo, e que eu tinha que ir, mas voltaria para conversar quando as coisas se acalmassem. Dei a entender que aquilo era temporário. Ele ficou sentado do lado de lá da porta e eu saí com o coração partido, porém certa de que tudo se resolveria. No caminho, cheguei a pensar, aliviada, que apesar de tudo o meu marido era "dos bons" (ao contrário de Josef), e que eu era muito sortuda de ter alguém assim ao meu lado. O resto a gente ia acertando, mas o que importava estava lá.

Fui remoendo os detalhes que Tito deu sobre o caso, mesmo sem eu pedir: nosso amigo estava saindo com uma mulher, mas, como sua esposa andava desconfiada, pediu que ele reservasse e pagasse o hotel em seu nome. Aparentemente, Josef era um canalha. Detalhe sórdido: segundo meu marido, Josef havia convidado a amante para sua festa de aniversário, no apartamento onde morava com a esposa. "Ela estava lá", Tito garantiu, com um ar chocado, rendendo-se a uma riqueza de detalhes que eu jamais vou entender. "Escondi o caso de você porque sei o quanto já estava ressabiada com o Josef", justificou.

Fazia sentido, e eu passei o dia na casa dos meus pais, triste mas confiante de que as coisas se acertariam. À noite, Tito me mandou um e-mail enorme e bonito, dizendo que havia quebrado a minha confiança, mas que iria fazer de tudo para retomá-la. Disse que precisava me dar mais valor e me mostrar que eu era "mais interessante do que tudo isso", sendo "tudo isso" os amigos do Pacto de Varsóvia. Admitiu que pisara na bola de um modo enorme e imperdoável, mas que gostaria de pedir perdão e ganhar mais uma chance de ser o marido que devia ser. "Não duvide quando digo que traí a sua confiança, mas não traí você", escreveu.

Doubt thou the stars are fire,
Doubt that the sun doth move,
Doubt truth to be a liar,
But never doubt I love.

[Desconfie que as estrelas sejam de fogo,
Desconfie que o sol se mova,
Desconfie que a verdade seja mentirosa,
Só não desconfie do meu amor.]
(WILLIAM SHAKESPEARE)

Mais de sessenta anos antes
DÉCADA DE 1940
Projeto Pombo

Um dos grandes marcos inspiradores para a Guerra Fria foi um plano mirabolante arquitetado pelos americanos ainda durante a Segunda Guerra: o Projeto Pombo. Em meados da década de 1940, o governo contratou o psicólogo comportamental B.F. Skinner para treinar aves que atuariam num complexo sistema de orientação de mísseis. À época, Skinner já era um renomado especialista em condicionamento operante, sistema de recompensa e punição utilizado para controlar o comportamento. Os pombos, treinados para reconhecer o alvo, embarcariam junto com o míssil e acompanhariam seu trajeto numa tela. Eles seriam condicionados a bicar o vidro sempre que avistassem o alvo, mantendo, portanto, o míssil em seu curso correto. Bicadas no canto da tela provocariam a mudança de curso e o redirecionamento da rota rumo ao alvo original.

Skinner recebeu 25 mil dólares para dar início ao projeto e colocá-lo em funcionamento, e de fato conseguiu fazer alguns progressos. Ainda assim, o governo nunca se acostumou com a ideia de ter mísseis guiados por pombos e cancelou o programa em outubro de 1944. Segundo nota oficial, os militares achavam que "continuar investindo no projeto poderia atrasar seriamente outras empreitadas mais promissoras". (Ver: Pavão Azul e Projeto Gato Acústico.)

36 dias antes
MEIA-NOITE DE 17 DE ABRIL DE 2011,
DOMINGO
DE: LIA
PARA: TITO

Não quero que você se desfaça dos amigos.
Só acho que você tem agido como se tivesse me
apagado totalmente da sua vida, e tudo o que
há de bom e divertido não tem nada a ver
comigo — pela importância que você dá ao PDV,
pelo que diz publicamente, pela reação que
você tem quando algum deles vai à nossa
casa e você parece que iria até o inferno se
te pedissem, mas não iria comigo até a padaria,
ao térreo do prédio ou ao Jardim Peri. Se você
mente para mim por lealdade aos amigos, mesmo
que eles estejam fazendo besteira ou machucando
os outros, então que garantia eu tenho de que
você não vai fazer o mesmo comigo? Eu sei que,
em algum momento, fui rebaixada em importância
e virei a chata lá de casa que fica te mandando
pagar as contas, mas eu não merecia ser tão
deixada de lado assim. Eu sempre te tratei bem
e nunca te machuquei desse jeito.

   Eu queria ouvir uma única vez que essa
maldita lista de e-mails não tem importância,
e queria poder pedir para ler as últimas
mensagens da sua caixa de entrada sem parecer
que estou pedindo para você esfaquear um
coelhinho ou enforcar sua irmã — mesmo que eu
não tenha vontade de lê-las porque sei que são
coisas que não quero ler.

   Também sei que não ando nada fácil e estou
tentando resolver os meus problemas de saúde,
mas você não está ajudando — e eu não dou
a mínima para o fato de você não lavar a louça
ou deixar um monte de pratos sujos no chão da
sala para eu limpar. Eu me importo é com o fato
de você não ter mais saco de me agradar, porque
é tudo muito cansativo e chato, e com o fato

de que eu poderia estar bem menos triste se
você me levasse para passear, se me levasse para
tomar sol ou ir à piscina ou passar um fim de
semana fora ou mesmo sair para jantar comigo,
ou sei lá, ir à farmácia comprar ataduras.

Eu queria muito merecer mais carinho nessas
coisas que você não tem vontade de fazer,
mas que seriam tão boas para mim. Normalmente
consigo me levantar com as próprias pernas,
mas é difícil, sim, quando estou nesse estado.

Eu não sei, pequeno, lá no fundo do coração
eu sei que você nunca me trairia, mas estou
tão surpresa que não sei mais em que acreditar.
Você mentiu para mim e ainda por cima me
intimidou, tentou botar medo em mim, que às
vezes é uma coisa que você faz só para se livrar
de uma situação incômoda. Eu odeio ter medo de
você, eu odeio que você tenha gritado comigo
porque eu considerei a hipótese de você estar
me traindo, mas diga lá: se fosse ao contrário,
se você recebesse um e-mail de um hotel e depois
descobrisse que eu menti sobre isso, você
acharia normal?

Você disse não aprovar o que o Josef faz,
mas o encobriu com a maior naturalidade, e quase
teve uma síncope quando eu pedi para ler seus
e-mails, dizendo que não ia passar de novo por
isso. Quando foi que eu me meti nas suas coisas,
que eu espiei as suas mensagens, que eu violei
a sua privacidade, que eu te impedi de fazer
qualquer coisa que você gosta, quando foi que
eu fiz isso antes, nesses anos todos que a gente
está junto?

Eu sei lá, pequeno. Estou exausta, triste,
machucada.

L.

Notas esparsas

"Há uma espécie de lençol invisível entre o mundo e eu."
(C.S. LEWIS, *A GRIEF OBSERVED*)

36 dias antes
MADRUGADA DE 17 DE ABRIL DE 2011, DOMINGO

A noite de sábado foi tranquila, mas pela madrugada aquela história voltou a me pesar no estômago. Passei horas tentando dormir, sem sucesso. Não conseguia parar de pensar em Josef e em Elena, sua esposa, uma moça tranquila que não merecia ser enganada desse jeito. Se eu estivesse no lugar dela — e mal sabia que efetivamente estava —, gostaria que me avisassem. Pior do que ser traída é ser feita de boba, ser enganada, e pior ainda é quando todo mundo sabe algo de que você não faz ideia — e foi com isso em mente que mandei um e-mail para Elena no domingo às seis da manhã.

Na mensagem, fui propositalmente vaga e não afirmei nada em específico, só que Tito andava me contando umas mentiras e que eu acreditava que Josef poderia estar envolvido. "Posso estar errada, mas queria te dar um toque", escrevi. Só então consegui dormir, com a cabeça mais leve.

Quando acordei, ao meio-dia, o mundo estava desabando. Tito havia tentado me ligar no celular várias vezes, e quando atendi — respirando muito fundo, procurando manter a calma —, ele perguntou aos berros o que diabos eu tinha armado.

"O que foi que você fez? Você está louca? Mandar um e-mail assim para a Elena e se meter numa coisa que não é sua, destruindo um casamento que não tem nada a ver com você...? O Josef me ligou furioso, sem entender nada. Você acha que tem o direito de acabar com a vida dos outros?"

Respondi que fiz o que achava certo e que, à diferença dos dois cavalheiros envolvidos na história, estava pronta para lidar com as consequências dos meus atos. Qual o problema em assumir a responsabilidade? Disse que era o que eu gostaria que acontecesse se os papéis estivessem invertidos e que não estava arrependida — Josef que agora se explicasse a Elena. Tito me intimidava mais e mais, dizendo que eu não sabia qual era o acordo firmado pelo casal (eles podiam viver uma relação aberta), que eu não tinha o direito de me meter e que ele havia me pedido várias vezes que não falasse nada sobre o assunto etc., repetindo que a história nada tinha a ver com a gente.

Depois de um tempo, Tito se acalmou. Pediu que eu voltasse para casa, garantiu que estava tudo bem e que a gente ia se acertar, como sempre. "Não há nada que a gente não consiga resolver", ele dizia, "porque o nosso código de programação fui eu que fiz."

Voltei naquele mesmo dia. E nós conversamos: ele reiterou que estava apenas encobrindo Josef, pediu desculpas e disse estar arrependido. Prometeu que seria um marido melhor. Provavelmente falou exatamente o que eu queria ouvir — outra das surpreendentes qualidades do meu admirável marido.

"*I'm not a crook*."

Ainda no domingo, recebi um e-mail de Elena totalmente surpresa. Segundo ela, o casamento estava numa fase ótima e ela agradecia a gentileza, mas não via motivo com que se preocupar. Mesmo assim, pedia que eu lhe telefonasse quando possível, ficaria esperando. Naquela hora, tive pena: ela não desconfiava de nada. Tito pediu que eu não me metesse mais no assunto e decidi que não telefonaria de volta. A minha parte estava feita.

Notas esparsas

"Ele não achava que tinha me humilhado ao me pôr num papel merda, banal, medíocre, imbecil, de uma história merda, banal, medíocre, imbecil. Não via que ele tinha me transformado em personagem coadjuvante de uma história de outrem. Que ele havia me retirado de mim."
(ELVIRA VIGNA, *NADA A DIZER*)

---

57 anos antes
1954
Pavão Azul

Dando continuidade a uma notória sequência de planos estúpidos para vencer a Guerra Fria, os britânicos — sempre eles — arquitetaram um projeto de arma nuclear tática a que deram o nome de Pavão Azul (*Blue Peacock*). Em vez de minas terrestres, a ideia era plantar dez bombas nucleares de dez quilotons nas planícies do norte da Alemanha, que poderiam ser detonadas remotamente em caso de invasão soviética por aquele flanco. Os cilindros possuíam um metro de altura e um núcleo de plutônio rodeado de explosivos.

Havia um único problema: no inverno, os componentes eletrônicos das bombas enterradas poderiam congelar e falhar. Várias soluções foram cogitadas, incluindo embrulhar os artefatos em mantas isolantes, mas a vencedora foi a mais econômica: enterrar galinhas vivas junto aos dispositivos. Os galináceos seriam lacrados com um suprimento de água e alimento, sobrevivendo por aproximadamente uma semana, e manteriam estável a temperatura da bomba com o calor do corpo.

O projeto da Bomba Atômica Cacarejante foi descartado antes de ser posto em prática.

34 dias antes
19 DE ABRIL DE 2011,
TERÇA-FEIRA

Hoje Tito chegou do trabalho chutando as tartarugas. Disse que seu dia tinha sido um inferno porque Josef ficara telefonando sem parar. Como eu não retornara a ligação, Elena pressupôs que haviam calado a minha boca, e agora suspeitava verdadeiramente do marido. Sentado junto à janela e fumando um cigarro atrás do outro, Tito usou todo o seu talento para inspirar minha piedade, reiterou que estava sofrendo muito e pediu com veemência que eu ligasse para Elena — ou mandasse um e-mail — desmentindo a história, dizendo que fora um mal-entendido e que não era nada do que ela estava pensando. Salvaria, assim, um casamento. E tornaria mais leve os seus dias de trabalho, já que a culpa por toda aquela confusão era minha.

Falei que não iria mentir para ninguém e mantive firme a minha decisão. Ele esperneou, implorou, disse que sua vida andava intolerável por causa dessa história. Finquei o pé e disse que, se Elena não me procurasse, ficaria na minha; caso contrário, eu não iria mentir. Decretamos uma trégua temporária e saímos para jantar, o que foi um alívio. O assunto ficou por aquilo mesmo, e nos dias seguintes os problemas milagrosamente desapareceram.

À guisa de explicação, Tito disse ter procurado Elena no dia seguinte e botado a culpa num terceiro homem, alguém "do alto escalão da firma" que lhe teria pedido que encobrisse o adultério e guardasse segredo. Foi assim que ele supostamente teria livrado a barra de Josef e convencido Elena da inocência do marido, tanto que ela me mandou um e-mail neutro, dizendo que estava tudo bem. Achei um tanto esquisito (a reação polida de Elena, a terceira versão de uma história que já não encaixava direito), mas não disse nada.

Naturalmente, o silêncio de Elena e Josef tinha uma explicação bem mais simples: na quarta-feira de manhã, meu marido contou a verdade ao casal — mais de um mês antes de eu mesma descobrir. Naturalmente, nenhum dos dois me disse nada. Em vez disso, recebi um e-mail conciliatório de Elena, dizendo que ela tinha ficado preocupada e chateada com o fato de sua relação ter sido exposta dessa maneira, mas que agora já estava tudo bem. (A exposição da minha relação nunca foi um problema. "Cocô de mosca, bom dia?")

Àquela altura, Elena e Josef já sabiam. Leo e os outros membros do Pacto de Varsóvia também.

Notas esparsas

"Se alguém lhe perguntar: 'Como vai?' Não se deve responder: 'Cada vez mais suicida. E você?'"
(JOYCE CAROL OATES, *A WIDOW'S STORY*)

Notas esparsas

Há uma expressão em inglês, *wayward fog* (algo como "névoa do infiel"), utilizada para descrever a nuvem de euforia que envolve uma pessoa durante um caso extraconjugal. O termo se aplica tanto a mulheres quanto a homens, assim como pode ocorrer em relacionamentos heterossexuais ou homossexuais, mas, por questões de clareza, falaremos aqui de um hipotético cavalheiro que trai a esposa.

Envolto "na névoa do infiel", o sujeito traidor se apaixona feito um adolescente e passa a agir de acordo com esse arrebatamento, criando uma espécie de bolha de irrealidade na qual inclui apenas a amante. Ele faz comparações delirantes entre a esposa e a amante, nas quais evidentemente a esposa perde (e com larga desvantagem).

O indivíduo que tem um caso precisa racionalizar internamente suas atitudes a fim de afastar o sentimento de culpa; portanto, em seu íntimo, passa a acreditar que a mulher é uma pessoa terrível e que seu casamento é um poço de sofrimento e injustiça que se arrasta pela noite dos tempos.

A "névoa do infiel" não só age para depreciar a esposa e o casamento, como também para elevar a amante a um nível de perfeição histórica. Ela passa a ser uma pessoa sem falhas, digna do máximo de carinho, ao passo que a esposa assume o papel de vilã e ganha total direito à hostilidade do cônjuge. Mesmo assim, ele pode querer permanecer no casamento, pois aprecia o conforto familiar e a euforia de manter um caso.

É claro que se trata de uma fantasia, um estado de espírito ilusório, um ofuscamento da realidade. A névoa pode se tornar tão densa que o cônjuge infiel chega a "raciocinar" no lugar da esposa, assumindo, por exemplo, que ela ficaria melhor sem ele, ou que, no fim das contas, nem deve amá-lo tanto assim. Outros defendem que manter um caso é uma forma de terapia que serviria para tornar o marido mais afável em casa, beneficiando assim o casamento.

Um homem acometido pela "névoa do infiel" pode, portanto, reescrever o casamento com naturalidade, projetar a culpa na esposa, demonizá-la e substituí-la, sem grandes critérios lógicos. Na sequência, pode apelar para o *gaslighting*, uma forma de manipulação emocional em que a realidade é distorcida ou omitida em favor do opressor, fazendo a vítima se sentir culpada. (Ver: "Abuso emocional.")

32 dias antes
21 DE ABRIL DE 2011,
QUINTA-FEIRA

Passei a Páscoa com gripe e febre, lendo *O grande Gatsby* — justo esse livro. Na quinta-feira, quando eu ainda estava relativamente bem, Tito me levou para passear no zoológico, numa de suas mais heroicas tentativas de me agradar. A história de Josef havia sido totalmente abafada, aumentando as minhas suspeitas de que, por algum motivo, o segredo não encaixava na fechadura. Em vários momentos, enchi Tito de perguntas sobre o ocorrido em 1º de abril, motivada pelos episódios da minha série policial favorita, *Columbo*. À maneira do insistente detetive, perguntei se ele fizera a reserva do hotel na hora do almoço. E como tinha feito para entregar a chave a Josef, que trabalhava longe?

Tito demonstrou impaciência e irritação com o interrogatório, mas acabou concordando que eu precisava das respostas para absorver o ocorrido. ("O povo americano tem o direito de saber se o presidente é um trapaceiro.") Ele alegou que Josef se encontrara com ele na firma após o expediente para pegar a chave. Mais tarde, encafifei com o horário. Ele se irritou de novo e respondeu: "Sei lá, umas sete horas, oito." Meu marido saía às sete, Josef às oito. Este trabalhava longe do Fórmula Indy da 23 de Maio. Ou seja, a história da chave ainda não estava encaixando.

Além disso, no dia 1º de abril, eu estava em casa quando Tito chegou cedo do trabalho, lá pelas sete e meia. Ele só foi sair mais tarde para tomar uma cerveja com Leo.

31 dias antes
22 DE ABRIL DE 2011, SEXTA-FEIRA
INFERNO Nº 17 (STALAG 17, 1953, BILLY WILDER)

Prisioneiro recebe uma carta da mulher.
    "Eu acredito, eu acredito! Minha esposa disse: 'Querido, você não vai acreditar, mas encontrei um lindo bebê na nossa porta e resolvi que será nosso filho. Agora você não vai acreditar, mas ele tem os meus olhos e o meu nariz.' Por que ela fica repetindo que eu não vou acreditar? Eu acredito! Eu acredito. [*Pausa*] Eu acredito."

Um mês antes
23 DE ABRIL DE 2011, SÁBADO

No sábado à noite, assistimos a um episódio de *Columbo* em que a mulher surpreende o marido com uma amante, guarda segredo e passa a arquitetar seu assassinato, com toda a frieza que o caso requer. Achei curioso e não me identifiquei tanto com a mulher, mas sim com o detetive, que ia juntando as pecinhas aqui e ali, encontrava um furo na explicação do suspeito, seguia um fio de raciocínio, pressionava por mais detalhes e acabava desvendando o crime — às vezes a partir de uma besteira como a forma de um canhoto dar o laço no sapato, mas sempre pegando o assassino pelas suas próprias palavras, álibis e invenções. "Toda teoria tem uma ramificação. Enquanto cada caminho não é fechado, deve-se insistir." O fato é que eu passara o feriado inteiro com a questão das chaves na cabeça, desconfiada, ruminando hipóteses e maneiras de pegar meu hábil mentiroso. Como estava gripada, resolvi adiar a conversa para o sábado à noite.

Logo após o episódio de *Columbo*, que, aliás, não pareceu ter abalado Tito nem um pouco, pedi que ele se sentasse no sofá junto à janela para conversarmos. Ele passou imediatamente a acender cigarros, um após o outro. Eu falei que a história toda estava muito estranha, que a sua insistência em me fazer mentir para Elena era a coisa mais suspeita que eu já tinha visto e que algo certamente não ia bem. Pedi que me contasse a verdade. Disse que estava pronta para ouvir o que fosse, contanto que se tratasse da verdade — se ele estivesse me traindo, eu aguentaria. Contei a história do meu aniversário de dezesseis anos e ele ficou olhando pela janela. Perguntou o motivo da minha suspeita e se eu tinha obtido alguma informação nova. Respondi simplesmente: "Não vou dizer o que sei, senão você vai continuar adequando a sua história ao que eu tenho. Só peço que me conte exatamente o que houve."

Ele ficou em silêncio por uns dez minutos, fumando e pensando. Por fim, respirou fundo e disse: "Não sei se você percebeu, mas estamos com um problema."

Na hora eu pensei: "Não me diga!"

Seguiu-se a segunda versão da história, outro chute na boca, em que ele confessava ter marcado um encontro com uma prostituta num quarto de hotel — mas teria se arrependido na última hora. Mais uma vez, perguntei da chave e ele disse que tinha jogado fora — era um desses cartões magnéticos que você encaixa na porta do quarto, explicou. Disse que, semanas antes, quando eu lhe falara do e-mail do hotel, pensou que pudessem estar cobrando a tal chave jogada fora. (Mais um detalhe aleatório e desnecessário, prova de que Tito era realmente bom nisso.)

Conversamos muito e eu, surpreendentemente, fiquei mais calma. Ele parecia ter sido sincero, estava arrependido e pronto para encarar nossos problemas — algum tempo atrás, falei que talvez devêssemos fazer terapia e ele reagiu com raiva, dizendo que, "nesse caso, seria melhor se separar de vez". Como de costume, Tito ganhara o argumento pela intimidação. Nessa noite, nada ficou efetivamente acertado, mas achei que as coisas podiam engrenar.

Fui para a cama mais tranquila — até notar que ele tinha ido direto ao escritório e teclava furiosamente. Na hora, soube que era um e-mail para os amigos do Pacto de Varsóvia.

Demorei a pegar no sono.

Notas esparsas

"Eu não existir para Paulo foi só um preâmbulo rápido antes de eu não existir para mim mesma. Passei a não estar mais em mim. E a me encontrar em cada episódio de *CSI*, *Criminal Minds*, *SVU*, *Cold Case* e todos os outros, sempre pródigos em relatar adultérios, calhordices e mentiras, antes de um final apaziguador, já que cheio de sangue. Eu, saída de mim, virei a mulher traída de todas as histórias existentes e ainda por existir."
(ELVIRA VIGNA, *NADA A DIZER*)

---

53 anos antes
19 DE JUNHO DE 1958
Projeto A119

Após a Operação Impensável de Churchill e a Bomba Atômica Cacarejante, tivemos a crise do canal de Suez, a instauração do Pacto de Varsóvia e a Revolução Húngara. Contudo, na presente cronologia, nada disso terá relevância. O que realmente importa é que, em 1958, a Força Aérea norte-americana desenvolveu o Projeto A119, ou Estudo de Voos de Pesquisa Lunar, um plano aparentemente arquitetado por um supervilão de desenho animado que consistia em detonar uma bomba nuclear na lua. A ideia era elevar a autoestima dos cidadãos norte-americanos, abalada depois que a União Soviética tomou a dianteira na corrida espacial.

Uma equipe de dez cientistas liderados pelo físico Leonard Reiffel reuniu-se no Instituto de Tecnologia de Illinois para calcular a suposta visibilidade da explosão, os benefícios à ciência e as implicações do incidente para a superfície lunar. Entre os membros do time estava o jovem astrônomo Carl Sagan, responsável pela projeção matemática da expansão gravitacional de uma nuvem de poeira ao redor da lua, dado essencial para determinar o grau de visibilidade do evento a partir da Terra. (Outras fontes dizem que o trabalho de Sagan era ver se a detonação poderia ser utilizada para identificar a presença de moléculas orgânicas na lua.)

O espetáculo pirotécnico aconteceria no ano seguinte. A bomba era uma W25, leve e pequena, que seria carregada por um foguete em direção ao lado oculto da lua. O artefato deveria explodir nas proximidades do Terminador, linha que demarca o lado oculto do satélite. A nuvem de poeira seria iluminada pelo sol e, portanto, visível da Terra.

O projeto foi abandonado em favor de uma expedição tripulada que levou o homem à lua.

29 dias antes
24 DE ABRIL DE 2011, DOMINGO DE PÁSCOA

Já era mais de meio-dia quando acordamos, atrasados para o almoço de Páscoa. Tito foi direto tomar banho, fazer a barba e se vestir. E eu corri para o escritório: tensa, apanhei o iPhone dele e digitei a senha de quatro dígitos. Dias antes, no táxi para o zoológico, eu o vira teclar o código de acesso, que era simples.

Abri seu e-mail, fui direto para a caixa de itens enviados e li o que ele havia escrito na madrugada anterior: uma mensagem para Josef e outra para Leo, com cópia para outros três amigos do Pacto de Varsóvia. Nelas, meu marido transcrevia nossa conversa na noite anterior e dizia que ambos ficáramos aliviados. Conforme previsto, eu "engolira a versão da puta imaginária", portanto, tudo acabaria bem. Reli o texto várias vezes. O e-mail continha outras declarações, todas em tom de superioridade e de quem se gabava de ser muito esperto. Tito afirmava ter rebatido "todas as bolas" e disse que estava feliz por ter me confessado algo próximo à verdade. Estava certo de que eu iria perdoá-lo porque supostamente não teria havido a traição em si — é claro que ele não usou esses termos, mas outros bem menos agradáveis. Aos amigos, agradecia o apoio e as mentiras, e se vangloriava da ótima fase que estava passando, no que dizia respeito a mulheres. Mais uma vez, os termos não eram esses.

Na caixa de entrada também encontrei um e-mail recente de uma ex-namorada dele, Nina, já casada. No texto, ela dizia que tinha sido ótimo encontrá-lo na festa de Josef e queria marcar com ele uma noite de filmes e conversa, como nos velhos tempos. Tito respondeu que também pensara na mesma coisa, e acrescentou que ela estava linda na ocasião.

No histórico de mensagens recebidas havia um número de telefone desconhecido que me pareceu suspeito — a mensagem dizia apenas *miss ya* e ele respondia *me too*. Decorei os algarismos usando as técnicas mnemônicas que o próprio Tito me ensinara.

Quando Tito surgiu vestido, pronto para sair, eu estava na sala com o iPhone nas mãos: "Você só pode estar brincando. Só pode estar brincando." O e-mail da "puta imaginária" era mais um chute na boca, dessa vez nos dentes da frente, e eu, de novo, arrumei as coisas para ir embora. Deixei a aliança no banheiro e não fui legal com Tito — que não chorou nem reagiu propriamente, só ficou bravo com a minha audácia. Argumentou que se tratava de um e-mail escrito aos amigos, com quem ele vivia se gabando de coisas que não fizera, posando de bonzão e falando bobagens. Disse que não tivera a coragem de confessar o encontro com a prostituta e inventara uma outra mentira qualquer. Me censurou por ter lido os e-mails; isso, sim, era inaceitável.

Naquele domingo de Páscoa, saí de casa debaixo de uma chuva forte. Não havia táxi na esquina e tive que ir atrás de um, carregada de sacolas. A cena era patética, e a irmã de Tito me viu descendo a ladeira naquele estado. Achou estranho. No almoço da família, ele justificou minha ausência dizendo que eu tinha ido visitar meu avô, que estaria doente.

À noite, a mãe de Tito telefonou para perguntar como meu avô estava. Falei que meu avô não tinha nada a ver com a história, que Tito havia feito algo errado e que eu iria passar uns dias na casa dos meus pais. Ainda assim, não aguentei muito tempo: na terça-feira estava de volta ao apartamento, sob a promessa de ouvir a versão definitiva da verdade, "mesmo que custasse o nosso casamento". Nem cheguei a ficar nervosa com a expectativa de tomar mais um chute na boca — só aliviada de que seria o último, ainda que eu perdesse todos os dentes. Sempre haveria Ultra Corega® para resolver a situação.

Antes, telefonei para o número de celular suspeito, perguntando "se a Carol estava". Quem atendeu disse que não havia nenhuma Carol naquele número e então eu perguntei quem estava falando — era Olga. Na hora, lembrei-me dela. Tito a conhecera meses antes num congresso de novas tecnologias. Ele me falava dela de vez em quando e chegara a citá-la em seu blog algumas vezes. Olga era minha amiga no Twitter, uma garota que parecia inteligente, simpática e interessada no meu trabalho. Pensei que agora, sim, estava me excedendo na paranoia.

Notas esparsas

SE MEU APARTAMENTO FALASSE (*THE APARTMENT*, 1960, BILLY WILDER)
J.D. Sheldrake: "Você resolve sair com uma mulher algumas vezes na semana, só por diversão, e ela logo acha que você vai se separar da sua esposa. Agora eu lhe pergunto: Isso é justo?"
C.C. Baxter: "Não, senhor, é muito injusto... Principalmente com a sua esposa."

DÉCADAS ANTES
Melhores planos de fuga executados por alemães-orientais

A presente cronologia também inclui uma série de ações desesperadas e aparentemente loucas, mas que pareciam a única alternativa racional para o impasse do período. Com o passar do tempo, vê-se que as ações vão ficando cada vez mais mirabolantes, até redundarem em martelos fosforescentes e um minissubmarino caseiro.

Segue uma compilação dos planos de fuga mais espetaculares empreendidos por alemães-orientais:

15 DE AGOSTO DE 1961 — No terceiro dia de construção do Muro de Berlim, o recruta Conrad Schumann, de dezenove anos, resolveu simplesmente saltar sobre o arame farpado para o outro lado, enquanto ainda portava sua metralhadora. A foto tornou-se um ícone da Guerra Fria.

5 DE DEZEMBRO DE 1961 — Um maquinista chamado Harry Deterling conduziu uma locomotiva contendo seis homens,

dez mulheres e sete crianças, atravessou o muro em alta velocidade e só parou em Spandau, Berlim Ocidental.

24 DE JANEIRO DE 1962 — Entrando pelo porão de uma casa na fronteira, 28 pessoas fugiram através de uma galeria que passava por baixo da Oranienstrasse, no Ocidente.

MAIO DE 1962 — Uma dúzia de idosos escapou pelo que ficou conhecido como "Túnel dos Velhinhos". Liderado por um senhor de 81 anos, o grupo passou dezesseis dias cavando uma passagem de 48 metros de comprimento e quase dois de altura que tinha início dentro de um galinheiro. Quando indagados sobre a altura exagerada do túnel, eles disseram que o objetivo era atravessar de cabeça erguida.

8 DE JUNHO DE 1962 — Catorze alemães-orientais sequestraram um barco de passageiros no rio Spree, cruzando a fronteira por via aquática sob forte tiroteio dos soldados da RDA.

26 DE DEZEMBRO DE 1962 — Dentro de um ônibus blindado, duas famílias atravessaram o posto de controle Drewitz-Dreilinden, escapando ilesas a tiros de metralhadora. Em 7 de fevereiro do ano seguinte, mais oito pessoas fugiram pelo mesmo posto, a bordo de um ônibus reforçado.

1º DE FEVEREIRO DE 1963 — O acrobata alemão Horst Klein, 36, conseguiu atravessar para o setor ocidental através de um cabo de alta-tensão em desuso. Usando as mãos, avançou centímetro a centímetro, suspenso a dezoito metros de altura dos guardas. Assim que seus braços começaram a fraquejar, o ex-trapezista ficou de pé sobre o fio e andou até a outra ponta, onde eventualmente caiu — mas já no lado ocidental.

5 DE MAIO DE 1963 — Quando o operador de torno mecânico Heinz Meixner já estava cruzando o posto de fronteira Checkpoint Charlie, na Friedrichstrasse, os guardas notaram

algo de incomum em seu conversível vermelho: o veículo não tinha para-brisa. Pediram que ele parasse, mas Meixner baixou a cabeça e simplesmente acelerou. O conversível venceu a barreira de quase um metro que separava o Leste do Oeste, libertando o austríaco e sua mãe, escondida no porta-malas.

5 DE OUTUBRO DE 1964 — Cinquenta e sete homens, mulheres e crianças rastejaram por mais de 150 metros em um túnel ligando a Strelitzer Strasse e a Bernauer Strasse.

29 DE JULHO DE 1965 — Numa quinta-feira à tarde, Heinz Holzapfel, 33, levou a família para um agradável passeio no Haus der Ministerien [Prédio dos Ministérios]. Ele, a mulher, Jutta, e o filho, Günter, de nove anos, esconderam-se num banheiro, e lá ficaram tirando um cochilo até as dez da noite. Então subiram ao terraço e arremessaram para o lado ocidental um martelo pintado com fósforo (substância que brilha no escuro). A ferramenta havia sido cuidadosamente acolchoada para não fazer barulho ao cair e atada a uma linha de nylon. Do outro lado, seus cúmplices apanharam o objeto e o amarraram a um cabo de aço. A família conseguiu deslizar para o outro lado com a ajuda de roldanas.

9 DE SETEMBRO DE 1968 — O químico Bernd Boettger, de 28 anos, natural de Sebnitz, conseguiu cruzar a fronteira numa engenhoca submarina projetada por ele mesmo. Primeiro ele aproveitou um motor que havia construído para seu automóvel e o impermeabilizou com fibra de vidro e resina de poliéster. Então o conectou a um cilindro de quarenta centímetros de comprimento, também de fibra de vidro, que seria utilizado como tanque de gasolina. Acoplou um *snorkel* de um metro para arejar o carburador e um par especial de cabos que controlavam o acelerador e direcionavam o submarino. No lugar

de propulsores, Boettger reaproveitou alguns cabos arrancados de cortadores de grama.

Durante toda a travessia, realizada à velocidade de aproximadamente cinco quilômetros por hora, o minissubmarino o manteve submerso a apenas um metro de profundidade. Boettger chegou a topar com um barco de patrulha da República Democrática Alemã e teve de desligar o motor até que eles se afastassem. Em poucas horas, atravessou o mar Báltico partindo de Graal-Müritz, na Alemanha Oriental, e chegando a Gedser, na costa da Dinamarca.

22 DE MAIO DE 1975 — Primeiro, o soldado Ingo Bethke abriu um buraco numa cerca próxima ao rio Elba. Depois atravessou um campo minado com a ajuda de um bloco de madeira, que usava para tatear o solo à frente. Por último, soprou seu colchão inflável e flutuou até a parte ocidental.

OUTUBRO DE 1976 — Com semelhante disposição, o jovem médico Martin Kasten lambuzou o corpo de gordura animal e vestiu uma roupa de borracha com nadadeiras e *snorkel*. Jogou-se na água à meia-noite e nadou pelo mar Báltico durante dezoito horas, sendo enfim resgatado por um barco de pescadores suecos, já na Alemanha Ocidental.

16 DE SETEMBRO DE 1979 — O mecânico Hans Strelczyk e o pedreiro Gunter Wetzel passaram meses projetando um balão de ar quente a partir de velhos cilindros de propano. Enquanto isso, suas esposas costuravam o tecido do balão usando retalhos, capas de chuva e lençóis. Na primeira tentativa de fuga, em julho, a engenhoca levantou voo e pousou com segurança — só que ainda do lado oriental. Apavorado, o grupo foi obrigado a ocultar os resquícios da façanha e marcou outra tentativa para dali a alguns meses. Dessa vez funcionou.

31 DE MARÇO DE 1983 — Inspirados na ideia do acrobata, os amigos Michael Becker e Holger Bethke (irmão de Ingo, o fugitivo do colchão inflável) arquitetaram um plano. Disfarçaram-se de eletricistas, subiram ao terraço de um prédio no lado comunista e, após treze horas de espera, dispararam uma flecha atada a uma fina linha de pesca. Do lado ocidental, Ingo levou quase uma hora para encontrar o objeto, que havia caído num arbusto. Engatou-o no para-lamas de um carro, conectou-o a uma linha mais grossa e, mais tarde, a um cabo de aço. O fio foi estendido sobre a "faixa da morte" do Muro de Berlim e preso a uma chaminé. Assim os dois passaram para o outro lado, impelidos por roldanas de madeira. Anos depois, Holger e Ingo voltaram à parte oriental para resgatar o irmão que faltava, Egbert.

29 DE AGOSTO DE 1986 — Em plena madrugada, uma família berlinense (mãe, pai e um bebê de oito meses) atravessou a barreira de Checkpoint Charlie dirigindo um caminhão com um carregamento de pedras.

NOVEMBRO DE 1986 — Dirk Deckert e Karsten Klünder moravam perto do mar e decidiram que escapariam da Alemanha Oriental surfando até a Dinamarca. Compraram bússolas e arrastaram suas pranchas até a costa. O vento estava favorável e as ondas eram fortes, mas, logo após a partida, Deckert perdeu sua bússola e rasgou sem querer o traje de mergulho. Foi obrigado a voltar e tentar de novo no dia seguinte, o que efetivamente fez. Nesse meio-tempo, Klünder vislumbrou a costa dinamarquesa e, em terra firme, alertou as autoridades sobre a chegada do amigo, que passou seis horas surfando até encontrar um barco de pescadores.

26 DE MAIO DE 1989 — Enfim chegara a vez do último dos irmãos Bethke: Egbert, que continuava morando em Berlim

Oriental. Nos anos de exílio, os outros dois irmãos aprenderam a pilotar aviões e venderam suas posses para comprar dois ultraleves, substituindo os motores por outros mais potentes. Pintaram na fuselagem estrelas soviéticas para confundir os guardas, vestiram uniformes militares e decolaram em direção ao parque Treptower, em Berlim Oriental, onde Egbert os aguardava.

Um dos aviões ficou inspecionando a área enquanto o outro resgatava o último dos Bethke. Cruzaram o muro a 150 metros de altura, sem serem avistados, e pousaram às 4h37 da manhã em frente ao prédio do Reichstag (Parlamento Alemão), situado no limite da fronteira.

18 DE AGOSTO DE 1989 — O professor Hans-Peter Spitzner, de uma cidade da Saxônia, foi o último fugitivo a cruzar o Checkpoint Charlie. Ele atravessou a fronteira escondido no porta-malas de um veículo dirigido por um soldado americano. Sua filha o acompanhava.

Três meses depois o Muro de Berlim cairia, em 9 de novembro de 1989.

Notas esparsas

"É evidente que Deus me concedeu um destino escuro. Nem sequer cruel. Simplesmente escuro. É evidente que me concedeu uma trégua. No início, resisti a acreditar que isso pudesse ser a felicidade. Resisti com todas as minhas forças, depois me dei por vencido e acreditei. Mas não era a felicidade, era só uma trégua. Agora, estou outra vez metido no meu destino. E ele é mais escuro do que antes, muito mais."
(MARIO BENEDETTI, *A TRÉGUA*)

---

27 dias antes
26 DE ABRIL DE 2011,
TERÇA-FEIRA

Na terça-feira à noite, eu e Tito nos sentamos à mesa para conversar (fiz questão disso porque queria que parecesse algo definitivo, sério, que transformaria nossa relação dali em diante. A verdade verdadeira das verdades). Estava pronta para qualquer coisa, desde: "Sou uma coruja" a "Tenho um irmão gêmeo mau", passando por todo tipo de revelações dolorosas.

Tito começou dizendo que eu era muito carinhosa, que ele possuía todo o afeto de que precisava e que nunca sentiu falta de ter outra pessoa a seu lado. Foi um discurso cauteloso, minuciosamente ensaiado. Emendou falando que tinha meia dúzia de boas amigas e se orgulhava de seu relacionamento com elas, citando exemplos. Garantiu que não estava tendo nenhum caso e encerrou o assunto por aí. Sobre as que eu não conhecia pessoalmente, falou que eram todas baixinhas ou gordas, feias e de óculos — como Olga.

Partiu, então, para outra versão da história: ele teria chamado uma prostituta, sim, e passado a noite com ela. E não fora só uma vez, mas quatro ao longo dos últimos meses. Andava confuso e achou que essa fosse a saída mais simples. Contou que, nas primeiras vezes, escolhera um lugar perto do trabalho chamado Mack the Knife. Lembrei de um cartão preto que ele trouxera anos antes para casa, sem nada escrito, só um endereço na Vila Olímpia e a inscrição "Mack the Knife". Vi o cartão na mesa do escritório e falei que era a coisa mais suspeita do universo. Ele deu risada e disse que havia recebido na rua, de um sujeito de terno, em pleno horário de almoço.

Nas três primeiras vezes, portanto, ele se hospedara nas próprias dependências da casa de massagens Mack the Knife (que eu fiz questão de acessar pela internet), e só na última é que reservara um quarto no Fórmula Indy, por puro desejo de variar. Salpicou alguns detalhes aqui e ali para conferir credibilidade à história.

Incorporando o tenente Columbo, fiz uma série de perguntas sobre a forma de pagamento, o preço, os horários — no site da tal "casa de massagens", o expediente acabava cedo — e ele respondeu como pôde, saindo-se invariavelmente bem. Eu não sabia mais em que pensar, nem o que fazer, e de novo me peguei querendo acreditar em Tito.

Perguntei se aquela era a versão definitiva, se ele não estava saindo com alguém que eu conhecia, se não estava acontecendo algo além disso, e ele negou. "Afinal, o que pode ser pior do que isso?", brincou, com uma sinceridade tocante. Dei de ombros.

Envergonhada, confessei a Tito que tinha telefonado para Olga no domingo de Páscoa e que ela provavelmente devia me achar uma louca — até pensei em mandar uma mensagem me desculpando e confessando que eu é que ligara no domingo, mas deixei pra lá.

Àquela altura, estava aliviada por finalmente merecer a verdade. Nem chegamos a brigar — eu só disse que estava muito, mas muito, cansada, e precisava absorver melhor as últimas informações, por isso iria comer alguma coisa e dormir. Não sabia qual seria a minha decisão — me separar ou dar mais uma chance —, mas, de qualquer forma, estava tensa e triste demais para pensar no assunto.

Numa última tentativa de me fazer sorrir, ele sacou do bolso a Carta da China, mas eu só lancei um olhar triste e dei as costas.

49 anos antes
A *DÉTENTE* (1962–79)

Um período de distensão seguiu-se à Crise dos Mísseis, momento em que o planeta esteve muito próximo da autodestruição. Acuados, os Estados Unidos e a União Soviética decidiram firmar acordos de não agressão, não proliferação de armas nucleares e limitação de armamentos estratégicos, relaxando formalmente a tensão geopolítica. Instalou-se um canal de comunicação direta entre as duas potências — o chamado telefone vermelho —, propiciando uma via rápida e confiável de fazer contato em caso de urgência ou acirramento do conflito.

No âmbito doméstico, essa política traduziu-se em "vamos jantar e dormir", reflexo da exaustão psicológica que vínhamos sofrendo.

A longo prazo, a *détente* acirrou a rivalidade política e ideológica entre as duas nações.

MID-WAR

"Porque, ao contar a história, eu controlo a versão.
Posso fazer os outros darem risada, e eu prefiro que riam de mim a que sintam pena. Porque, ao contar a história, não dói tanto. Porque, ao contar a história, posso me livrar dela."
(NORA EPHRON, *HEARTBURN*)

24 dias antes
29 DE ABRIL, SEXTA-FEIRA

Sim, porque o caso não acaba aí. Nos dias seguintes à confissão, meu desespero foi se agravando conforme eu assimilava os detalhes de tudo o que havia ouvido. Tentava não pensar que aquela poderia ser mais uma mentira — não era algo pertencente ao universo do possível. Até então, jamais desconfiara que a verdade pudesse ser algo absolutamente versátil, como a opinião de alguém que muda de ideia sobre um sapato. "Uma mentira não é uma versão da história. Uma mentira é só uma mentira", disse o jornalista Terry Hanning, personagem da minha série favorita, *The Wire*.

Acima de tudo, eu precisava decidir se valia a pena perdoar Tito. Pedi que ele desse mais atenção ao nosso casamento, que estava por um fio, e que saísse comigo com mais frequência. Ele concordou, mas logo em seguida pareceu achar as exigências muito pesadas — carinho, atenção, um helicóptero e uma rota de fuga.

Fui conversar com meu psiquiatra, o dr. Kennedy. Contei a história toda até aquele ponto e ele disse que eu não devia me pressionar por uma decisão imediata, pois a resposta viria por si só e ficaria bem clara. Enquanto isso, eu podia ir levando a vida com Tito e sentindo como ele estava em relação ao nosso casamento.

Como último recurso, pedi que ele saísse da lista do Pacto de Varsóvia. Sabia que Tito venerava os amigos, mas aquelas brincadeiras haviam atingido pessoas de verdade e ele precisava parar por ali. Podia continuar mandando e-mails a quem lhe aprouvesse, mas deveria abrir mão da lista. Tito concordou. Afinal de contas, a ideia era dele: caso eu decidisse em favor do nosso casamento, podia lhe pedir o que fosse — que ele saísse da lista, por exemplo. Qualquer coisa que me deixasse mais tranquila e me ajudasse a recuperar a confiança na relação. Anunciei então que era essa a minha vontade, e acho que por isso ele não esperava. (Você pode olhar meu extrato, ele dizia, sabendo que eu não iria fazê-lo, e pode me pedir que saia da lista — eram concessões vazias que ele só oferecia por oferecer, para tornar as coisas mais críveis e simular transparência. Outra forma de intimidação, talvez.) Ainda assim, Tito garantiu com a maior franqueza do mundo que, naquele mesmo dia, mandaria um e-mail avisando a todos. Se fosse para salvar o nosso casamento, é claro que o faria — no dia seguinte, me contou que já estava fora da lista e que todos se mostraram compreensivos. Pouco depois, queixou-se de saudades dos amigos, reclamou que estava mais distante deles, que não tinha notícias do velho Politburo e estava decepcionado com essa exigência descabida.

51 anos antes
DÉCADA DE 1960
Projeto Gato Acústico

Elaborado pelo Departamento de Ciência e Tecnologia da CIA, o Projeto Gato Acústico tentou enviar gatos para arriscadas missões de espionagem no Kremlin e nas embaixadas soviéticas. A inteligência americana gastou 25 milhões de dólares treinando felinos e implantando cirurgicamente baterias, microfones e antenas em suas caudas. Foi preciso adestrá-los para que seguissem algumas ordens e refreassem o instinto de perseguir borboletas, moscas, besouros e outros alimentos alados, distraindo-se de suas missões. Os animais serviriam como dispositivos de escuta e gravação, sendo liberados próximos a alvos potenciais.

Na primeira missão oficial, um Gato Acústico foi destacado para espionar dois homens num parque próximo à embaixada soviética em Washington. O felino foi solto nas proximidades e atropelado por um táxi quase imediatamente.

Um ex-diretor da CIA contesta essa versão, dizendo que não houve nenhum atropelamento; o gato apenas não se comportou de forma aceitável para um espião e perdeu o posto sem que o plano fosse posto em prática.

Em todo caso, o projeto foi descontinuado em 1967.

**23 dias antes
30 DE ABRIL,
SÁBADO**

Também como parte das minhas tresloucadas e desmedidas reivindicações, pedi que Tito fizesse um exame de sangue e consegui convencê-lo a me acompanhar ao aniversário da minha sobrinha. Ambas as atividades ficaram para sábado — quando ele naturalmente acordou com o pior dos humores. Ainda assim, fez o exame. ("Não tenho a SIDA", disse posteriormente aos amigos do PDV, em tom de galhofa.)

Quando Tito retornou, eu já estava pronta para sair e anunciei que ele não precisaria ir à festa se não quisesse, pois eu estava acostumada a posar de viúva. Tito se irritou, falou que estava se sentindo sufocado e desfiou o rosário de reclamações de sempre: ele passava a semana trabalhando sem parar e sendo oprimido pelo chefe maligno. Quando chegava em casa, não sabia se me encontraria ansiosa ou deprimida, e fatalmente teria que me dar atenção, ou então fazer as coisas que eu andava cobrando. Sua família já o pressionava suficientemente e ele não tinha um segundo para fazer as coisas de que gostava.

No final, Tito concordou em ir comigo, mas passou o caminho bufando e dizendo que iríamos nos perder, que o lugar era muito longe, que anoitecia, que estava desperdiçando seu fim de semana e logo seria segunda-feira de novo. Com a ajuda do GPS, consegui chegar ao local. Tito disfarçou bem seu aborrecimento, que foi se dissolvendo aos poucos. Depois de um tempo, ele me chamou de canto. As crianças da festa haviam amolecido seu coração, disse, reiterando que teríamos uma família em breve e que seríamos muito felizes, caso eu decidisse perdoá-lo. (Ter filhos era uma decisão que havíamos tomado no ano anterior, durante as férias no Maranhão.)

Mais para o fim da festa, Tito me informou que, quando voltássemos, o resto da noite seria exclusivamente dele — se eu preferisse, podia até ir dormir na casa dos meus pais, pois ele ficaria jogando videogame e vendo porcarias na televisão. Eu já estava acostumada e concordei em voltar com ele, apesar de tudo. Precisava trabalhar e aproveitaria esse tempo para adiantar uns fichamentos para a minha dissertação.

Notas esparsas

"Acordei do éter com um sentimento de completo abandono e perguntei à enfermeira se era menino ou menina. Ela me disse que era menina, e então eu virei a cabeça e chorei. Certo — eu disse —, que bom que é uma menina. Espero que ela seja uma grande tonta: é o melhor que uma garota pode ser neste mundo, uma belíssima tonta."
(F. SCOTT FITZGERALD, *O GRANDE GATSBY*)

---

49 anos antes
13 DE MARÇO DE 1962
Operação Northwoods

Um dos maiores exemplos de desvario no período da Guerra Fria foi a chamada Operação Northwoods, ação arquitetada e aprovada com unanimidade pelo Estado-Maior das Forças Armadas dos Estados Unidos. (Por sorte, o presidente John F. Kennedy barrou sua implementação.) O plano incluía assassinar civis inocentes e praticar atos de terrorismo em solo americano com o objetivo de manipular a opinião pública, forçando-a a apoiar uma investida contra Cuba. Para tanto, consideravam-se abertamente o assassinato de exilados cubanos, o afundamento de barcos de refugiados, o sequestro de aviões comerciais, motins falsos, sabotagem, a explosão simulada de um navio americano e até a orquestração de atos terroristas em cidades norte-americanas.

A campanha forneceria pretextos para justificar uma intervenção militar em Cuba e surgiria em apoio à Operação Mongoose, da CIA, cujo objetivo era subverter e sabotar o governo local. A Mongoose trabalhava com atentados falsos a exilados cubanos, fornecimento de armas a grupos de oposição e destruição de campos de cana-de-açúcar em Cuba. No âmbito dos ataques diretos a Fidel Castro, a Mongoose cogitou as seguintes mirabolâncias: oferecer charutos envenenados ao líder comunista, plantar explosivos em forma de conchas em seus locais de mergulho preferidos, injetar uma substância através de uma agulha disfarçada numa caneta, pulverizar estúdios de tevê com alucinógenos durante seus discursos e impregnar em sua roupa produtos químicos que provocassem a queda de cabelo — e consequentemente de sua barba.

Já a Operação Northwoods visava oferecer um "encadeamento lógico de incidentes, combinados a outros eventos aparentemente desconexos que possam camuflar o objetivo final do plano: criar uma impressão de imprudência e irresponsabilidade cubana em larga escala, dirigida a outros países e também aos Estados Unidos", segundo um documento recentemente tornado público pelo governo.

"Nós poderíamos explodir um navio americano na baía de Guantánamo e botar a culpa em Cuba", sugeriu-se de forma cândida. "Poderíamos afundar uma embarcação (real ou simulada) de refugiados cubanos a caminho da Flórida. Poderíamos promover atentados à vida de cubanos que vivem nos Estados Unidos, até mesmo a ponto de feri-los, em ocasiões que seriam amplamente divulgadas. Explodir bombas plásticas em locais estratégicos, prender agentes cubanos e divulgar documentos previamente redigidos que comprovassem a participação de Cuba nessas ações seria útil para difundir a imagem de um governo cubano irresponsável."

Quinze dias antes
9 DE MAIO,
SEGUNDA-FEIRA
DE: TITO
PARA: LIA

Lia, minha querida,

O que posso fazer é te escrever, como sempre fiz. Nós temos uma vida pela frente. Eu sou a mesma pessoa que te fez um sanduíche de presunto e queijo numa madrugada de inverno, que dançou Tom Waits com você, no momento mais feliz da minha vida até aquele dia. A pessoa que te levou para passear em Ubatuba e Berlim. Que te ensinou o código de luzes dos táxis (apagado = ocupado), que segurou a sua mão em todas as turbulências aéreas. Que te amparou tantas vezes. Que te apresentou a comida japonesa, a despeito dos seus protestos porque não tinha queijo derretido em cima. Que te apresentou o xarope contra tosse, a despeito dos seus protestos de que tinha gosto de estopa. Que esteve do seu lado nos melhores e piores momentos.
 Nosso amor precisa de índices onomásticos e analíticos. A nossa história faz parte de tudo o que eu sou. Nada em mim não é você. Você me deixa meio que (completamente) sem fôlego.
 Segura a minha mão?

Beijos
Tito

P.S.: A tampa de uma das garrafas caiu atrás do fogão. Vai precisar de oito pessoas para achar.
P.S.2: Te amo.

Notas esparsas

"Para sustentar uma mentira, você precisa contar outras sete."
(DITADO CHINÊS)

---

28 anos antes
1983

Na década de 1980, uma tragédia aérea veio a comprovar que a Guerra Fria não foi tão fria assim.

Em 1º de setembro de 1983, um avião comercial da Korean Airlines que fazia a rota de Nova York a Seul, com 269 pessoas a bordo, foi abatido pelos russos após invadir por engano o espaço aéreo soviético. O voo KAL-007 havia pousado no Alasca para reabastecimento e seguia em direção a Seul quando uma falha de programação no piloto automático causou um grave desvio de rota que passou despercebido da tripulação. Naquela época, as tensões entre Estados Unidos e União Soviética estavam especialmente altas e, para piorar, testes nucleares seriam feitos na península de Kamchatka, exatamente onde o avião surgiu de repente nos radares russos. Enquanto os soviéticos procuravam identificar a natureza do objeto, o KAL-007 retornou ao espaço aéreo internacional, sobrevoando o mar de Okhotsk, e pouco depois tornou a entrar na área restrita soviética, sobre a ilha Sacalina.

Intrigados, os militares passaram uma hora rastreando os movimentos da aeronave e chegaram a disparar tiros de advertência, mas o próprio piloto do jato que liberou os projéteis admitiu julgar improvável que estes fossem avistados pelo Boeing 747. Ele afirma ter sinalizado para a aeronave, sem resposta. Não foi realizado nenhum contato via rádio; tampouco foram seguidos os padrões internacionais de interceptação.

Na sequência, o avião comercial pediu autorização a uma torre de controle de Tóquio para mudar de altitude, o que foi interpretado pelos russos como uma manobra evasiva e, portanto, suspeita. A ordem para destruir o avião foi dada quando ele estava prestes a deixar o espaço aéreo soviético pela segunda vez. "Destruam o alvo", ordenou o general Kornukov.

Dias depois, durante os esforços de resgate no mar, foram encontrados sapatos, sandálias, dentaduras, assentos, jornais, copinhos de plástico da Korean Airlines, máscaras de oxigênio e um aviso de "apertar os cintos".

Uma semana antes
16 DE MAIO, SEGUNDA-FEIRA

Outras coisas que me ocuparam o pensamento nessas três semanas de extrema angústia: a cena com as prostitutas e a nítida sensação de que ele estava escondendo algo, de que a chave não virava. Àquela altura, Tito definira uma senha de acesso para o computador dele — coisa que jamais havia feito, já que às vezes eu precisava consultar os dicionários e aplicativos que não rodavam no meu. Tito agora levava o iPhone com ele para o banho e também quando ia se deitar, mas não chegava a colocá-lo debaixo do travesseiro.

Por três semanas, passei as noites e os dias obcecada em descobrir o que estava havendo. Cheguei a lhe recomendar, mais de uma vez, que não deixasse o e-mail aberto. Pedi que mudasse todas as senhas: "Toda vez que você vai tomar banho ou buscar a pizza, entro no computador e vejo se deixou alguma coisa aberta por descuido. Tenho a nítida impressão de que está me escondendo algo, e só penso nisso 24 horas por dia."

Mesmo sabendo da extensão da minha angústia, ele não se deixou comover. Tentava me intimidar, dizendo que eu estava invadindo sua privacidade e que mostrava claros sinais de paranoia e ansiedade extrema. Em suma, que o problema era comigo. A naturalidade de Tito era tamanha que ele só podia estar dizendo a verdade — a ideia de que estivesse me torturando esse tempo todo era absurda demais para ser cogitada.

Not a crook, not a crook.

Por volta dessa época, pedi novamente para ver a caixa de entrada do seu webmail. A ideia era bater o olho na relação de destinatários e assuntos para garantir que não havia mais nenhuma mensagem do PDV — e nada enviado por Nina ou outra ex. Uma espécie de evidência incontestável de que ele estava sendo sincero. Se ele preferisse, podia em vez disso me mostrar a mensagem que enviara aos amigos ao se despedir da lista, na qual ele (com certeza) havia explicado o caso em linhas gerais e falara da importância do nosso casamento, sem ter dito nada de mau ou de revelador a meu respeito. "Acho que isso me deixaria mais tranquila", expliquei, sem saber direito por quê, mas achando que não haveria problemas — ele quebrara a minha confiança tantas vezes que eu bem que merecia um gesto de boa vontade.

Hoje sei que desejava uma única coisa: que ele dissesse aos amigos, com todas as letras, que eu era importante. Que desse algum valor ao nosso casamento, já que, até então, só o que fazia era ocultar minha presença em sua vida, como se eu fosse algo incômodo a esconder dos amigos. Como se ele quisesse ser solteiro de novo.

Diante do meu pedido, Tito mais uma vez sentou-se junto à janela e fumou uma porção de cigarros. Disse (de novo) que o celular e o e-mail eram escovas de dentes dos afetos, brandiu a bandeira soberana da privacidade e pontificou: caso ele acatasse as minhas exigências e me mostrasse a tela de sua caixa de entrada, estaríamos ultrapassando uma linha tênue a partir da qual não haveria volta. Contou de sua ex-namorada Nina, que certa vez lera uma mensagem de outra mulher para Tito e fizera o maior escândalo. Chocado, Tito se recusava a passar "por isso" de novo e refutou meu pedido para ver o que quer que fosse. A minha paranoia já estava quase na fronteira com a Alemanha Oriental, e foi nesse dia que cruzou de vez para o outro lado.

Notas esparsas

"No assento à minha frente sentou-se um garotinho fantasiado de Homem-Aranha, viajando com os pais. Eu deveria me vestir assim, pensei. Talvez amanhã. Por um instante me pareceu tão plausível e até razoável a ideia de que amanhã eu poderia me vestir de Homem-Aranha que fiquei um tanto assustado."
(FRANCISCO GOLDMAN, *SAY HER NAME*)

---

36 ANOS ANTES
Projeto Stargate

Em algum ponto da Guerra Fria, surgiram rumores de que a União Soviética havia montado um exército de soldados com poderes psíquicos, capazes de vencer a guerra apenas com o poder da mente. Em resposta, o governo norte-americano passou a financiar projetos no campo da percepção extrassensorial e eventos paranormais, contratando videntes em tempo integral para colaborar com os militares.

Clarividência, invisibilidade, levitação e visão remota eram alguns dos objetos de pesquisa, notadamente desenvolvidos por um major que dizia atravessar paredes. Tentar matar cabras com o poder da mente era um exercício comum.

Não há dados estatísticos sobre os resultados do projeto.

Notas esparsas

"O abuso emocional (também chamado de violência psicológica ou mental) ocorre sempre numa relação desigual de poder. Nele, o agente exerce autoridade sobre a vítima, sujeitando-a a aplicação de maus-tratos mentais e psicológicos de forma continuada e intencional. Pode incluir a humilhação pública ou privada da vítima, o controle do que ela pode ou não fazer, a ocultação de informações, a execução deliberada de atos que a façam sentir-se diminuída ou constrangida, o isolamento de amigos e família.

"Define-se tal violência como qualquer conduta passível de ameaçar, intimidar, controlar ou enfraquecer a autoestima e a autoconfiança de outrem. Pode incluir ações ou declarações conflitantes que tenham a intenção de confundir e criar insegurança na vítima. Tais condutas a levam a se questionar profundamente, julgando por vezes que ela é que está inventando o abuso ou que o abuso é culpa dela. [...] Isso resulta em dano ao senso de força interior da vítima, fazendo-a sentir-se indefesa e incapaz de escapar da situação. É um dos tipos mais comuns de violência doméstica.

"Essa tortura psicológica não provoca dor física, porém a humilhação, o estresse e a angústia causados podem deixar cicatrizes psicológicas permanentes.

"Pessoas abusadas emocionalmente sentem que não possuem a si próprias; ao contrário, julgam que o cônjuge tem controle total sobre elas. Muitas demandam ajuda especializada; caso o trauma não seja tratado de forma adequada, pode levar ao suicídio ou ao afastamento da sociedade."

(WIKIPÉDIA)

Na véspera
**22 DE MAIO,
DOMINGO**

Na noite de domingo, saí para jantar com minha família e voltei ao apartamento acompanhada de minha mãe. Ao ver Tito no escritório, diante do computador ligado, ela fez um discurso: sabia que estávamos passando por uma fase difícil, mas que, se quiséssemos continuar juntos, teríamos que deixar tudo para trás e cuidar bem um do outro.

Tito me abraçou, aparentemente emocionado, e declarou: "Eu vou cuidar bem dela. Pode deixar."

Foi a última coisa que ele me prometeu.

DÉCADAS ANTES
**Anexo 1: Notas sobre o temperamento soviético
Stálin, Josef**

Conta-se que, em 22 de agosto de 1956, Josef Stálin ouviu a previsão do tempo e ficou possesso ao descobrir que estava completamente errada. Mandou então que Vorochílov investigasse os meteorologistas em busca de possíveis sabotadores.

Apesar de ser incapaz de sentir verdadeira empatia, o líder soviético era considerado um mestre da sociabilidade. Perdia a paciência com frequência, mas, quando decidia encantar alguém, era irresistível. Tinha um senso de humor singular, às vezes grosseiro e presunçoso. Sempre que encontrava o comissário da construção naval, Nosenko, brincava: "Ainda não prenderam você?" Na vez seguinte, gracejava:

"Nosenko, você ainda não foi fuzilado?" Por fim, numa reunião comemorativa, Stálin disparou: "Nós acreditamos em vitória e nunca perdemos o senso de humor. Não é verdade, camarada Nosenko?"

Em uma ocasião, o líder comunista fez uma observação jocosa a respeito de Maisky, o ex-embaixador em Londres, que não foi traduzida para os convidados ingleses. Diante das gargalhadas gerais, o general britânico Alan Brooke perguntou do que se tratava, ao que o próprio Maisky respondeu: "O marechal referiu-se a mim como poeta-diplomata porque escrevi alguns versos aqui e ali, mas o nosso último poeta-diplomata foi liquidado — essa é a piada."

Posteriormente Maisky foi preso e torturado.

Segundo o historiador Simon Montefiore em *Stálin: A corte do czar vermelho*, "as bebedeiras promovidas por Josef Stálin eram tão intensas que os potentados, tais como estudantes bêbados, saíam cambaleando para vomitar, se sujavam ou simplesmente tinham de ser carregados para casa por seus guardas". Poskrióbichev era o vomitador mais prolífico. Mólotov, o mais resistente. Kruschev às vezes bebia tanto que Beria o levava para casa e o punha na cama, que ele molhava imediatamente. Certa noite, o primeiro-ministro tcheco, Klement Gottwald, ficou tão embriagado que chegou a pedir que a Tchecoslováquia se unisse à União Soviética.

Eram nesses jantares que se decidiam os rumos da política soviética.

No Politburo, o nível das brincadeiras se igualava ao de uma fraternidade universitária. Um exemplo: certa vez, Kruschev e Poskrióbichev empurraram Kulik para dentro do lago. Este saiu ensopado e perseguiu Poskrióbichev, que se escondeu atrás de um arbusto. Beria saiu aos gritos, ameaçando fuzilar quem fizesse o mesmo com ele. Aliás, Poskrióbichev era constantemente empurrado na água, até que os guardas decidissem esvaziar o lago, com receio de afogamentos.

Certo dia, Stálin, embriagado, alvejou seus dois guarda-costas sem querer. Mortificado, botou a culpa em Beria.

Notas esparsas

"Eu poderia esculpir um homem melhor de uma banana."
(THEODORE ROOSEVELT)

DÉCADAS ANTES
Anexo 2: Notas sobre o temperamento soviético
Stálin, Vassíli

Também o filho de Stálin, Vassíli, estabeleceu um novo padrão de corrupção, devassidão e capricho na alta cúpula bolchevique. Após o suicídio da mãe, tornou-se um rapaz grosseiro, truculento, mimado e, contudo, inepto e infeliz. Denunciava as esposas dos professores, roubava dinheiro, usava do poder para obter privilégios. Morria de medo do pai. Stálin chegou a descrever Vassíli como um "garoto mimado de habilidades medianas, selvagem, nem sempre honesto, que usa chantagem com 'regras' frouxas e é frequentemente descarado com os fracos".

Aos dezessete anos, o jovem ingressou na escola de Aeronáutica por influência do pai, já que tinha péssimas notas. Lá, usou seu sobrenome para obter favores. Em pouco tempo, foi elevado à patente de major-general e passou a comandar a Força Aérea no Distrito Militar de Moscou, um cargo bem acima de suas capacidades.

Na parada de Primeiro de Maio de 1951, o tempo estava ruim e os aviões não deveriam ter voado, mas o bêbado Vassíli ordenou que prosseguissem. Dois bombardeiros Tupolev-4 caíram.

No auge da batalha de Stalingrado, promoveu festas e orgias na mansão dos pais. Estava permanentemente alcoolizado e batia na esposa, Galina, que acabara de dar à luz. Segundo Montefiore, Vassíli costumava sacar o revólver e atirar nos candelabros. Proibido pelo pai de participar em missões militares ativas, descuidava-se da própria segurança e da de seus companheiros, e gostava de pilotar bêbado.

O "príncipe herdeiro" tinha uma vasta coleção de amantes, mas acabou se apaixonando por Nina Karmen (esposa do cineasta Roman Karmen) e a instalou na mansão, sem o menor pudor de exibi-la na presença de Galina.

Mais tarde, o pai despachou-o para missões de combate, onde Vassíli continuou agindo de forma imatura. Certo dia, chamou os subordinados para pescar no lago, só que, em vez de usar varas, preferiu jogar foguetes com detonadores de ação retardada. Uma das bombas explodiu e matou um soldado.

Stálin teve de intervir e finalmente exonerou o filho do serviço militar por "beber demais, devassidão e corrupção do regimento". Mas não por muito tempo: sete meses depois ele estava de volta, dirigindo seu Rolls-Royce pelo *front* e confiscando os aviões oficiais sempre que tinha vontade. "Um de seus companheiros apavorou-se quando ele insistiu em ultrapassar um caminhão do Exército nas estradas congestionadas do Báltico. Como o caminhão não deu passagem, Vassíli simplesmente estourou-lhe os pneus com tiros", conta Montefiore.

A certa altura, o rapaz decidiu que levaria o time de futebol da Aeronáutica ao topo da tabela do campeonato. Para isso precisava trazer de volta Stárostin, um experiente treinador exilado por Beria sob a acusação de conspirar contra a vida de Stálin.

O jovem resgatou o treinador do *gulag* e o escondeu em Moscou. A inteligência soviética descobriu o plano e sequestrou Stárostin. Mas Vassíli, usando oficiais da espionagem da Força Aérea, o trouxe de volta. A inteligência tornou a raptá-lo, e de novo Vassíli o recuperou, levando-o em seguida para assistir a um jogo no camarote do governo. No fim das contas, o pobre Stárostin foi devolvido ao campo de concentração e Vassíli contratou o técnico do Dínamo de Tblissi para capitanear a equipe.

O rapaz adorava aplicar punições stalinistas e fornecer extravagantes incentivos aos jogadores — costumava abandoná-los no meio da selva quando perdiam e os enchia de presentes em caso de vitória.

Notas esparsas

"Não me interessa a verdade. Eu quero a felicidade."
(F. SCOTT FITZGERALD, *THE BEAUTIFUL AND DAMNED*)

DÉCADAS ANTES
Anexo 3: Notas sobre o temperamento soviético
Outros líderes

O sucessor de Stálin, Nikita Kruschev, era visto como um político rude e explosivo que costumava interromper com insultos os discursos dos adversários. Conta-se que, durante uma Assembleia Geral das Nações Unidas, em 1960, ele se enfureceu com o posicionamento de um dos delegados, tirou o sapato e bateu com ele na mesa. Chamou o representante das Filipinas de "imbecil, palhaço e lacaio", além de "bajulador do imperialismo americano". A veracidade do incidente com o sapato ainda é discutida.

Um ano antes, em visita aos Estados Unidos, Kruschev ficou irritado quando lhe proibiram de ir à Disneylândia. "Acabam de me dizer que não posso ir à Disneylândia. Por que não? Vocês têm bases de lançamento de mísseis por lá?", contestou o premiê soviético. "Então me disseram: nós, americanos, não podemos garantir sua segurança no local. Como assim? Está havendo uma epidemia de cólera ou algo do tipo? Ou a máfia tomou o poder e vai me executar? [...] A situação é inconcebível. Não consigo encontrar palavras para explicá-la ao meu povo."

Leonid Kruschev, filho do primeiro casamento do líder, tinha fama de imprestável, beberrão e encrenqueiro. Gabava-se de sua habilidade no tiro e foi desafiado a acertar uma garrafa equilibrada na cabeça de um piloto. Leonid arrancou o gargalo, mas, novamente provocado, atirou e feriu mortalmente o oficial. Foi levado à corte marcial, porém se safou da condenação e voltou à ativa.

Já o jovem filho de Chakúrin, comissário de produção de aeronaves, apaixonou-se pela filha de um embaixador soviético. Sabendo que a amada logo teria que deixar o país, pegou emprestada uma pistola com o filho de Mikoyan, matou-a e se suicidou.

Notas esparsas

"E me perguntei a respeito do presente: qual era a sua largura, qual a sua profundidade e quanto dele era meu."
(KURT VONNEGUT JR., *MATADOURO N° 5*)

Dia zero
MANHÃ DE 23 DE MAIO, SEGUNDA-FEIRA

Logo que abri os olhos, pensei: "É hoje." De forma absolutamente obsessiva, eu havia passado as últimas semanas bolando um jeito de descobrir, de uma vez por todas, o que estava se passando. Ninguém sabia dos meus planos. Eu passara os dias com pavor de ser descoberta — e, pior, de ser descoberta antes que eu mesma pudesse descobrir. Na semana anterior, acessei o computador de Tito em modo de segurança, mexi aqui e ali e consegui acesso administrativo à máquina. Instalei uma ferramenta chamada *keylogger*, que basicamente servia para gravar as senhas digitadas. Providenciei para que o antivírus, o firewall e o anti-*spyware* não acusassem o programa no sistema. No dia seguinte, tive que mexer no registro — o *keylogger* não estava inicializando junto com o computador, e isso era um problema. Demorei, mas resolvi a questão. Eu me sentia o tenente Columbo diante de uma casa sem tapetes, esperando o próprio assassino me conduzir para o interior de seus segredos.

Ele era programador, com os diabos. É claro que acabaria percebendo. Os espiões inimigos interceptariam o plano, surpreenderiam meus soldados e os fuzilariam na Sibéria. Eu devia ter ouvido os analistas de Churchill — as chances estavam contra nós.

Como se pressentisse a ameaça, Tito passou vários dias sem acessar o e-mail de casa. Todas as noites eu checava os relatórios do *keylogger*, e nada. Estava indo à loucura.

No domingo, enfim, quando saí para jantar com a minha família e o deixei sozinho em casa, ele navegou o quanto pôde, e isso eu soube no instante em que pisei no apartamento e vi, de longe, a tela inicial do webmail. Desde as oito da noite, portanto, eu sabia que a verdade estava ao meu alcance. A ideia era checar o computador de madrugada, o que sem dúvida teria alterado os acontecimentos que estavam por vir — mas, antes de dormir, charmoso e sonolento, ele me pediu que não mexesse em nada e me pediu por favor. Naquela noite em específico, Tito deixaria o computador ligado com um jogo baixando, mas, apesar disso, gostaria que eu não mexesse em nada. E não mexi. Fui dormir cedo, achando que as coisas enfim iriam melhorar e que eu devia esse voto de confiança ao meu marido.

Nas últimas semanas, eu chegara a um nível de tensão quase insuportável — às vezes queria perdoá-lo, às vezes ficava repassando as cenas da traição na minha cabeça. Pensava no assunto sem parar. Na maior parte do tempo, mal conseguia respirar e sentia que estava a um passo de surtar de vez. Não conseguia me acalmar nem por um segundo. As reações de Tito perante a minha angústia também não ajudavam: só o que ele fazia era afirmar que eu estava paranoica e que talvez precisasse aumentar a dose dos antidepressivos.

Ainda assim, houve um dia em que me esqueci de tudo por umas três horas, ocupada com outros pensamentos. Era um bom sinal.

Veio a manhã do dia 23 de maio, véspera do nosso aniversário de cinco anos de namoro. Quando Tito saiu para trabalhar, minhas últimas palavras foram: "Acho que essa semana vai ser muito boa."

Notas esparsas

"Só quando chegou à estação e comprou a passagem é que Roxanne percebeu que aqueles eram os primeiros cinco minutos em seis meses que sua mente parara de pensar em Jeffrey."
(F. SCOTT FITZGERALD, "THE LEES OF HAPPINESS", EM *TALES OF THE JAZZ AGE*)

Operação Impensável
TARDE DE 23 DE MAIO, SEGUNDA-FEIRA

A segunda-feira foi efetivamente dividida em antes e depois da minha resolução final: eu queria saber a verdade, e iria até o fim. Antes disso, respondi a uns e-mails, bebi água, pensei um pouco. Naquele momento, ainda podia desistir de tudo, e assim manteria meu casamento — sabe-se lá por quanto tempo. Mas isso não era uma opção. Então respirei fundo, liguei o computador e acessei o e-mail de Tito. Passei cerca de três horas lendo mensagens até dar o assunto por encerrado, desligar o computador e ir embora.

À verdade, enfim: Tito começara a me trair no dia 23 de janeiro com Olga, durante o tal congresso de quatro dias. Na volta, empolgado, ele me contara quase tudo o que acontecera no evento, menos o principal: passara a noite com ela, esgotando seu estoque de camisinhas, e já no dia seguinte contou tudo aos amigos. Em detalhes. Na época, chegou a me confidenciar, aos risos, que ouvira gemidos num dos quartos a noite inteira, e que no dia seguinte muita gente reclamou daquela permissividade congressística. Estava se referindo a si mesmo.

Três membros do PDV, incluindo meu amigo Leo, sabiam de todas as minúcias da traição havia cerca de quatro meses — ou seja, desde o começo. Josef, supostamente meu melhor amigo e meu "irmãozinho", descobrira a verdade em 19 de abril, um mês antes de mim (junto com sua esposa, Elena). Após esse período, todos os quinze cavalheiros da lista receberam relatórios sistemáticos e detalhados do que se passava com meu casamento, as angústias de Tito, suas vitórias e conquistas, e puderam opinar à larga sobre o caso. Aparentemente — e eu nunca vou saber com certeza qual foi a extensão de sua infidelidade —, ele passou aquela primeira noite com Olga no congresso, os dois saíram mais duas ou três vezes e, em abril, decidiram passar a madrugada toda no hotel, "quebrando as amarras do amor burguês". Nos e-mails, Tito alegou que sua vida estava pesada demais e que apreciava a leveza de sua relação com Olga. "Eu estava precisando", ele escreveu um dia após o ato, e recebeu as congratulações de seus pares.

Quase todos haviam sido meus amigos. Vários deles lecionavam na mesma universidade que eu. (Isso significa que irei fatalmente cruzar com eles para o resto da vida.)

Vasculhando o computador, descobri também que ele nunca havia saído do PDV, mas criado um e-mail secreto de onde seguia participando da lista. Nesses e-mails, mencionava o convite de Nina sobre a tal "noite de filmes e conversa". Alegou para os amigos que ele próprio não poderia marcar com a ex-namorada, não só porque eu já tinha visto o e-mail, mas também porque era um homem casado — rarará, vamos todos nos regozijar na alegria desse instante —, sendo assim, aproveitava para colocá-la inteiramente à disposição dos amigos solteiros da lista. E dizia: "Acho que o marido dela não está dando conta."

Naquela lista, todos eles humilhavam, maltratavam e expunham as amigas, que ganhavam apelidos como "Larissa Mil Orgasmos", cunhados a partir de confidências que elas um dia lhes fizeram — e que foram naturalmente compartilhadas em benefício da livre e democrática circulação de informações. Lá, os solteiros descreviam pormenores de seus primeiros encontros, e os casados dividiam particularidades sobre os cônjuges, com as respectivas frequências sexuais e posições favoritas.

Invariavelmente falavam mal dos próprios chefes, da família e dos desafetos. Escreviam coisas supostamente chocantes, feito um grupo de pré-adolescentes no intervalo da educação física. Meu casamento foi alvo de discussões variadas, entre elas meu costume grosseiro de ficar trabalhando no escritório quando algum deles passava a noite lá em casa. (O que, aliás, era uma constante. No dia em que minha sobrinha nasceu, Tito não foi comigo à maternidade porque um deles estava hospedado conosco, e "seria rude deixá-lo sozinho".)

Até minhas conversas com Leo foram reproduzidas quase que integralmente para a comunidade.

De tempos em tempos, Tito repetia aos amigos: "Eu não saio traindo a Lia porque sou mau-caráter, apenas. Claro que as coisas já não estavam bem, mas agora perdi totalmente a possibilidade de acertar as coisas que *me* incomodavam." Seguia-se uma lista de lamentações, que sempre incluíam o meu estado depressivo e a cobrança exagerada do chefe. A certa altura, ele admitia que suas mentiras tinham como objetivo dar um tempo "para ver se as coisas caíam num lugar confortável para os dois". E completou: "Na minha cabeça, se eu conseguir me livrar disso sem ela descobrir, está ótimo. Já fico no lucro."

No MySpace de Tito li umas mensagens nada leves que ele trocava com uma absoluta desconhecida — e que ficou on-line no exato momento em que acessei a conta. Pelo que pude deduzir, Tito costumava esperar que eu caísse no sono para trocar mensagens picantes com a moça. Aos amigos da lista, contou que havia outra(s) que estava(m) dando bola para ele, ao que lhe restava concluir que só podia estar com mel no corpo. Evidentemente, não foi bem esses termos que ele usou.

Pausa para o sapateado
60 anos antes
23 DE MARÇO DE 1951

Como foi que você acreditou quando eu disse que te amava
Se sabe muito bem que passei a vida toda mentindo?
Tenho essa reputação desde muito jovem
Você devia estar louca de pensar que eu diria a verdade

Como foi que você acreditou quando eu disse que nos casaríamos
Se sabe bem que eu prefiro me enforcar a ter uma esposa?
Sei que disse que faria de você minha mulher
Mas quem diria que você iria cair nessa besteira

(ALAN JAY LERNER E BURTON LANE, "HOW COULD YOU BELIEVE ME WHEN I SAID I LOVED YOU WHEN YOU KNOW I'VE BEEN A LIAR ALL MY LIFE?")

De volta à Operação Impensável
TRÊS DA TARDE DE 23 DE MAIO, SEGUNDA-FEIRA

Enquanto lia os e-mails, só conseguia pensar numa coisa: "Que bom que finalmente acabou."

 Depois de ler o bastante para formar um quadro do que acontecera — meu marido era mau-caráter, adúltero, mentiroso compulsivo, tinha traços de sociopatia e, além de me trair, me expôs aos amigos, um sujeito totalmente desconhecido com quem eu partilhara a vida nos últimos cinco anos —, arrumei as coisas e avisei minha família que estava voltando para casa. Nem me incomodei em apagar os rastros no computador.

 Antes, porém, já que meu casamento havia sido divulgado, comentado e julgado na lista do PDV, resolvi pagar na mesma moeda e anunciar a separação para a lista. Foi assim que Tito ficou sabendo: avisado por um Leo em pânico, ao telefone, após receber o seguinte e-mail:

```
-------------- MENSAGEM ORIGINAL --------------

ASSUNTO: RE: PACTO DE VARSÓVIA
DATA: MON, 23 MAY 2011 17:19:36 -0300

Oi, gente,

Finalmente chegou o dia do PDV breach. É também
Dia Mundial da Tartaruga – parabéns a todos
os envolvidos. Gostaria de agradecer a vocês
pela lealdade e amizade que demonstraram nesses
momentos de crise, sobretudo o Leo, coitado,
que se envolveu nessa história toda e foi tão
sincero e transparente. </ironia> Agora, às más
notícias: li boa parte dos e-mails de vocês
e bem poderia ser vingativa o suficiente
para vazá-los todos, mudar a senha do Tito
e tocar o horror – mas não vou fazer isso porque
não sou como vocês, nem fazer caso porque,
enfim, estou me separando do Tito, que já deu
provas suficientes de que não me merece e não
```

está a fim de ficar comigo. Eu só tinha pedido a verdade desde o começo e isso ele não pôde dar — e, ainda por cima, me expôs para todos vocês de um jeito covarde, tripudiou sobre o nosso relacionamento e, no fim das contas, todo mundo sabia, menos eu. Em detalhes! Que divertido deve ter sido para todo mundo. Isso porque envolver o máximo de gente é coisa de mulher, não?

E ah, sim, para o Josef: quando descobri a coisa do hotel, o Tito é que mencionou o seu nome de cara, e da forma mais acusatória possível. Eu não falei nada e ele nem cedeu a evasivas. Inclusive me deu uns detalhes sobre outras coisas. Que tal isso para um amigo?

Sei que o Tito irá culpar o Morgan Freeman, uma intervenção divina, um azar cósmico ou algo assim, mas, enfim, a verdade é que eu não sou nenhuma idiota, embora ocasionalmente pareça.

Beijos
L.

P.S.: Mudem as senhas, lamentem a sua sorte, mas fiquem tranquilos: de agora em diante nada disso me interessa. Só me interessou a partir do momento em que me machucou, e muito, e muitas vezes.

LATE WAR

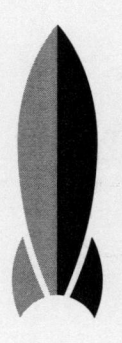

"Pensei que poderia descrever um estado; mapear a tristeza da perda. Mas esta se revelou não um estado, e sim um processo. Não precisava de um mapa, mas de uma história, e se eu não a interrompesse num ponto arbitrário qualquer, não haveria razões para parar de escrevê-la."
(C.S. LEWIS, *A GRIEF OBSERVED*)

"O humor é a delicadeza do desespero."
(BORIS VIAN)

Por motivos evidentes, não houve aniversário de cinco anos no dia seguinte. Cancelamos a viagem que faríamos aquele ano — três semanas na China —, além do plano de ter filhos num futuro próximo. Tito nunca me procurou para pedir desculpas, e eu é que tive que insistir que me contasse tudo com as próprias palavras. Três dias depois, pelo GTalk (ele andava muito ocupado), repetiu basicamente o que eu já sabia e contou que durante o casamento se encontrara em segredo com duas ex-namoradas, Nina e Tatiana, mas "que nada acontecera" — apesar disso, ele decidira omitir esses encontros por serem "assuntos pessoais". Se existiram mais traições e mentiras, jamais saberei.

Meu "grande amigo" Josef escreveu um mês depois tentando uma reconciliação. Diante da minha recusa, ficou furioso e partiu para o ataque, num modo de agir bastante parecido com o de Tito.

Josef disse que eu não tinha o direito de posar de "deusa ética" porque, segundo ele, eu havia me vingado o máximo que pude ao contar o que acontecera aos pais de Tito — até então, meu marido só lhes revelara uma parte da verdade, numa suposta tentativa de proteger a família. Observou casualmente que invadir a correspondência dos outros era um "problema sério, sob todos os aspectos", e que ele também se sentia agredido. Josef pontificou que as coisas eram mais complicadas do que no meu mundo de fantasia e que, se eu continuasse com essa atitude, meu único marido possível seria: Jesus Cristo.

Na condição de alguém que se preocupava sobretudo com o meu bem-estar, sentiu-se impelido a me dar um conselho: disse que eu faria bem em levar o caso na esportiva.

"Acho que a leveza poderia muito bem chegar em algum momento nessa história", escreveu.

Curiosamente, vários amigos em comum me aconselharam a encarar o acontecido como uma fatalidade e a deixar tudo pra lá, pois não havia necessidade de me expor nem de me indispor com pessoas tão influentes na universidade. Quando me recusei a ficar calada, uma ex-amiga, colega de trabalho de Tito, disse: "Você está precisando que alguém a proteja de si mesma." A terceiros, ela declarou que eu estava saindo do controle e não percebia que minhas ações, além de terem consequências para mim, acabavam respingando em gente que estava heroicamente tentando me ajudar. Disse que coisas muito nocivas poderiam me advir caso "essa bagunça toda" não passasse logo. E ameaçou: "Ela pode até ser a vítima, mas não tem o direito de fechar os olhos e distribuir socos a qualquer momento. Principalmente porque ela não está preparada para quando alguém retribuir o soco."

Recebi uma infinidade de conselhos desse naipe, com advertências explícitas ou veladas "para o meu próprio bem". Era comovente a quantidade de colegas de Tito que estava tentando me ajudar.

Depois de ficar sabendo da separação, um amigo em comum escreveu: "É realmente doloroso. Já estive dos dois lados, em situações parecidas, e sofri muito." Contudo, ele não culpava ninguém pelo ocorrido: "É uma coisa humana, faz parte, infelizmente, da vida."

Como ele, muitos não tomaram partido e acabaram considerando tudo isso um grande incômodo, relativizando a ação dos envolvidos. O mais irônico é que essas pessoas eram justamente as mais atacadas no PDV, sendo alvos de verdadeiros tratados difamatórios, repletos de dados confidenciais e histórias constrangedoras. Ou seja: julgavam se posicionar acertadamente em sua recusa a se indispor com pessoas poderosas, quando na verdade eram os mais desprezados. Me considerei automaticamente vingada.

Depois do dia zero, vi Tito só mais quatro vezes (incluindo aí um encontro acidental e a audiência para assinar os papéis do divórcio). A primeira ocorreu na semana seguinte ao dia 23 de maio, quando fui encaixotar minhas coisas no apartamento e não consegui sair de lá. Sentei no chão e tive um acesso de choro. Ao chegar do trabalho e me ver, Tito ficou furioso. Disse que eu devia tê-lo avisado sobre a visita com antecedência e que não poderia ficar para conversar comigo porque havia marcado um compromisso (era aniversário do seu Francisco. Parabéns, seu Francisco). Falou que estava arrasado, mas sabia que precisava ficar sozinho para entender por que havia feito uma coisa tão horrenda. Fui embora.

Dias após o meu aniversário, no dia 7 de junho, pudemos enfim nos encontrar para conversar com calma — a versão corrente era a de que ele estava mortalmente arrependido, que sabia ter feito algo monstruoso e concordava com o que o dr. Kennedy dissera: havia nele um desvio de personalidade e caráter. Tito estava decidido a começar a fazer terapia. É claro que essa era apenas uma versão temporária. Sua resolução absolutamente convincente de que estava arrasado, de que tentaria se tornar uma pessoa melhor e que iria me amar para sempre não duraria nem uma semana.

Notas esparsas

"Mas ainda assim, cedendo exclusivamente aos seus sentimentos, acho que você está agindo de forma um tanto vingativa. [...] Não é como se a culpa fosse só dela."
(EVELYN WAUGH, *A HANDFUL OF DUST*)

Notas esparsas

Foi na lua nova que ele me abandonou,
o meu amigo querido. E daí?
Ele brincava: "Equilibrista,
como hás de viver até o mês de maio?"

Respondi como a um irmão,
sem ciúmes, sem zangas;
mas, para mim, quatro casacos novos
não compensam pela sua perda.

Assustador é o meu caminho, e arriscado;
mais terrível ainda é a estrada da saudade...
Como é rubra a minha sombrinha chinesa,
e são branquinhas as solas de minhas chinelas.

A orquestra toca uma música bem alegre
e os meus lábios formam um sorriso.
Mas meu coração sabe, ah! o coração sabe
que o quinto camarote está vazio.

(ANNA AKHMÁTOVA, TRAD. LAURO MACHADO COELHO)

Um mês depois
JUNHO DE 2011

O dia da minha mudança definitiva foi um dos mais tristes do calendário gregoriano. O apartamento onde morávamos era dele e só me restava deixar, humilhada, aquela casa que eu considerava tão minha, já que era eu quem tratava de tudo, dos consertos às plantas. Meus pais, aliás, permaneciam chocados com a frieza de Tito durante o processo. Minha mãe só conseguia repetir que, na véspera, ele tinha prometido cuidar de mim na frente dela, com os olhos úmidos: "E ele olhou na minha cara! E não esboçou nenhum remorso!" Ela igualmente esperava que, no dia 23 de maio ou nos dias subsequentes, Tito viesse à minha procura, nem que fosse para pedir perdão e mostrar que o nosso casamento valia alguma coisa.

Mas não valia um centavo.

"Como foi que você acreditou quando eu disse que te amava, se sabe muito bem que passei a vida toda mentindo?"

Quatro dias após a mudança e menos de um mês após a descoberta, voltei ao apartamento para devolver alguns objetos que haviam ido comigo por engano. De novo, a casa estava de pernas para o ar, com restos de comida pela sala e moscas dando voos rasantes no sofá. Sentei numa cadeira, triste, conversando em silêncio com as paredes. Era uma segunda-feira, dia de natação. Sentia falta daquilo que fora a minha casa, do teto, do chão, dos rejuntes de cor diferente que passei para disfarçar umas falhas na parede do banheiro. Abri as portas para ver se não havia deixado nada para trás, mas o desejo era levar comigo as portas. O porteiro. A pia. O ar.

Fui ao banheiro e já estava saindo quando abri a gaveta de remédios e encontrei um pacote de camisinhas aberto. No lixo, algumas unidades usadas.

Sentei e chorei por exatos quinze minutos, cronometrados no relógio. Chorei como se não houvesse amanhã, aos berros, caída no tapete do banheiro. Quando o tempo acabou, me levantei e fui para a natação, como se nada tivesse acontecido e como se eu fosse um perfeito ciborgue — embora a minha vontade fosse botar fogo em tudo, explodir a lua, invadir a Rússia. No quarto ainda havia um porta-retratos com a minha foto, voltado de frente para a cama.

Conforme descobri mais tarde, Tito arrumara uma namorada nova no feriado e a levou ao apartamento, apenas dois dias depois de eu ter me mudado. Pouco importava que eu tivesse lhe pedido para não levar ninguém à nossa casa até sair o divórcio, pois seria um pouco humilhante para mim ("Cocô de mosca, bom dia?"). Não era Olga, que aparentemente ficara esperando e também fora descartada; era Anna, uma loira inacreditavelmente alta e com os olhos idênticos aos meus. Sem hesitar, Tito desfilou com Anna a tiracolo num encontro de amigos em Brotas, nas férias de julho, ao qual compareciamos todos os anos. Enquanto eu estava na casa dos meus pais, ainda perplexa e arrasada, Tito apresentava a nova namorada aos nossos amigos em comum, pedindo que ninguém me contasse nada, pois ele mesmo queria me dar a notícia.

Naturalmente fiquei sabendo da novidade duas ou três semanas depois, pelo Twitter de terceiros. Àquela altura, ele já levava Anna às reuniões de família e dizia que finalmente encontrara o amor de sua vida. Lembrei imediatamente da "névoa do infiel" e da escritora Rachel Cusk, que, em *After-*

math: On Marriage and Separation, conta brevemente a história de uma amiga abandonada pelo marido. Ele "arrumou outra mulher, teve outros filhos e comprou outra casa para substituir a primeira; minha amiga e as crianças foram cortadas como o excesso de tecido que cai da mesa de uma costureira, as sobras que saem do molde".

Quando perguntei a Tito onde tinha ido parar todo aquele discurso de que precisava ficar sozinho para se tornar uma pessoa melhor, ele respondeu: "Eu não quero ser corajoso, eu quero ser feliz." Em algum momento, Tito me culpou por fazê-lo sentir-se uma pessoa ruim durante a separação.

Notas esparsas

"[...] É a mesma coisa que estar andando na rua e ser atingido na cabeça por um balde. A culpa não é sua, e não há nada que você possa fazer exceto tentar tirar o balde da cabeça e continuar andando."
(CALVIN TRILLIN, *SOBRE ALICE*)

Um mês depois
JUNHO DE 2011
Resenha para a revista *História Sempre*

Daisy e Tom Buchanan pertencem a uma "irmandade secreta muito distinta" na qual tudo é permitido e na qual basta fingir que nada aconteceu para que de fato nada tenha ocorrido.

O grande Gatsby é um livro calcado em "acidentes": o atropelamento fatal, os motoristas imprudentes, o namoro de Daisy com alguém de classe inferior, o esbarrão no trem entre Tom e a amante, que leva ao prolongado adultério. É como se os erros e descuidos das pessoas pudessem ser tomados como acidentes, como negligências sem qualquer implicação mais séria. "É como se Nick [*o narrador*] tivesse que se defrontar com um universo inteiro de casualidade. Desimportante. Insignificante", diz Tony Tanner, no prefácio da edição. "Num mundo dominado pelos Buchanan, a pura contingência reina absoluta, ameaçadora e grotesca."

O próprio narrador pondera:

"Eu nunca seria capaz de perdoá-lo ou de gostar dele, mas vi que seus atos eram, a seus olhos, inteiramente justificáveis. Tudo decorrera de forma descuidada e confusa. Eles eram todos descuidados e confusos. Eram descuidados, Tom e Daisy — esmagavam coisas e criaturas e depois se protegiam por trás da riqueza ou de sua vasta falta de consideração, ou o que quer que os mantivesse juntos, e deixavam os outros limparem a bagunça que eles haviam feito..."

Na madrugada após o atropelamento, Nick espia pela cortina da cozinha e vê o casal conversando — não exatamente felizes, mas não de todo tristes. "Havia um clima inequívoco de intimidade natural naquela cena, e qualquer um poderia jurar que estavam conspirando."

E estavam. Depois do almoço, os Buchanan já haviam partido sem avisar ninguém, e, antes do fim do ano, Tom caminhava pela rua com naturalidade, parando para olhar a vitrine de uma joalheria — talvez em busca de um presente para a nova amante. "O que vocês queriam? O que esperavam?", diria o Homem de Olhos de Coruja, com sua pungente sabedoria bêbada.

Para que o caso pudesse permanecer o mais simples possível, ninguém tomou a responsabilidade para si, apressando-se em atribuir o crime a um homem "louco de tristeza". E ficou por isso mesmo.

A indiferença de Tom é tamanha que, quando ele percebe a hesitação de Nick em cumprimentá-lo, reage de forma indignada: "Você está louco, Nick. [...] Não sei qual o seu problema."

"Apertei a mão de Tom; me pareceu tolo não fazê-lo, pois tive a súbita impressão de que estava lidando com uma criança. Então ele entrou na joalheria para comprar um colar de pérolas — ou talvez apenas um par de abotoaduras —, livre para sempre da minha sensibilidade provinciana."

Notas esparsas

"[...] Depois Tony mostrou a carta para Jock, que lamentou:
'É uma pena que tenha acontecido dessa forma.'
'Mas o que está escrito aqui não é verdade, é?'
'Infelizmente sim. Todo mundo sabia, e já faz um tempo.'
Vários dias se passaram até que Tony entendesse completamente o que isso significava. Ele estava acostumado a amar Brenda e a confiar nela."
(EVELYN WAUGH, *A HANDFUL OF DUST*)

DÉCADAS ATRÁS
Anexo 4: Mulheres do Kremlin

A primeira esposa de Stálin se chamava Ekaterina Svanidze e morreu em 1907, após três anos de casamento. A segunda foi Nadya Alliluyeva, que sofria de depressão e teria cometido suicídio em 1932 depois que o marido a humilhou durante um jantar no Kremlin.

O mais canalha dos soviéticos era Lavrenti Beria, chefe de Segurança de Stálin. De acordo com uma contagem oficial, ele teve 760 amantes. Sua esposa, Nina, suportava tudo em silêncio, e morreu insistindo que o marido era fiel: segundo ela, as garotas que o visitavam à noite eram agentes secretas a quem ele devia interrogar. Um inventário da escrivaninha de Beria, após sua prisão, revelou quais eram seus interesses: inúmeros cassetetes, onze pares de meias de seda, onze ursinhos, sete camisolas femininas e incontáveis cartas obscenas.

Evidências recentes sugerem que Beria não só raptava e estuprava mulheres, como assassinava as mais reticentes. De acordo com o jornalista Martin Sixsmith, num documentário da BBC, Beria passava as noites aliciando adolescentes nas ruas e as trazia para estuprá-las em casa. As que resistiam eram estranguladas e enterradas no jardim de rosas de sua esposa.

A natureza predatória de Beria era bastante conhecida no Politburo. Embora Stálin fosse permissivo com suas ações, morria de medo que o subalterno se aproximasse de sua filha, Svetlana. O mesmo acontecia com seus colegas de partido; quando Beria elogiou a beleza da filha de Poskrebyshev, este imediatamente a tirou de canto e disse: "Jamais aceite uma carona desse homem."

Numa entrevista dada em 1990, Nina Beria refutou as acusações: "Lavrenti trabalhava dia e noite. Quando teria tempo de ficar com essa legião de mulheres?"

Uma das esposas soviéticas mais sofridas foi a judia Polina Zhemchuzhina, casada com o ministro das Relações Exteriores, Vyacheslav Mólotov. Ela era inteligente, elegante e falava iídiche. Em 1948, após participar de um jantar com a nova embaixadora de Israel, Golda Meir, a sra. Mólotov foi acusada de ser uma agente pró-sionismo. Para tentar proteger o marido, pediu o divórcio e mudou-se do Kremlin com os dois irmãos. Ainda assim, em 21 de janeiro de 1949, Polina foi presa, bem como suas irmãs, seu médico e as secretárias. Uma das irmãs e um irmão acabaram morrendo na prisão.

Polina só voltaria a Moscou após a morte de Stálin.

Notas esparsas

"Mas você não sai dessa situação como um trem emergindo de um túnel, deixando a escuridão rumo à luz do sol e àquela rápida e trepidante descida ao Canal; você sai como uma gaivota de uma mancha de óleo: gosmenta e emplumada para o resto da vida."
(JULIAN BARNES, *LEVELS OF LIFE*)

Dois meses depois
JULHO DE 2011
Resenha para a revista *História Sempre*

Segundo o ensaísta Ralph Waldo Emerson, de todas as formas de perder alguém, a morte é a mais leve.

No artigo "Betrayal, Rejection, Revenge, and Forgiveness", a psicóloga social Julie Fitness define a traição como o ato pelo qual um indivíduo favorece seus próprios interesses em detrimento daqueles do cônjuge. De certa forma, o traidor considera suas necessidades mais relevantes do que as do parceiro, deixando explícito quão pouco se importa com o relacionamento.

"A sensação de ter sido traído é como uma estaca no coração que nos deixa inseguros, humilhados, abandonados e sozinhos", ela escreve. Fitness considera um ponto importante nessa equação a exposição ou humilhação provocadas pelo adultério, ressaltando que, muitas vezes, a terrível descoberta de haver sido "o último a saber" e possivelmente ter sido alvo de fofocas e piedade alheia provoca tanta dor quanto o próprio ato da infidelidade.

O primeiro contato com a traição é profundo e visceral, traduzido sobretudo em termos de dor e mágoa. Em algum ponto, porém, surge um esforço consciente e cognitivo para entender as causas e implicações do ato.

Desmascarado, o traidor pode reagir de quatro modos possíveis, denotando graus diferentes de arrependimento. No pior dos casos, procura negar que tenha ocorrido uma ofensa e se recusa a tomar responsabilidade sobre ela, julgando-a insignificante ou até justificável. "Os mais culpados são os que contam a maior quantidade de mentiras e dão as explicações mais acintosas, interessados sobretudo em salvar as aparências em vez de obter o perdão", declara Fitness. Pode haver menosprezo dos danos, da vítima e do relacionamento em si.

Os psiquiatras Frank Pittman e Tina Wagers, num artigo sobre crises de infidelidade, registram uma série de justificativas inventivas para casos extraconjugais, incluindo um homem que disse que a esposa "devia se sentir privilegiada por ter um marido como ele, sendo uma mulher tão feia. Devia orgulhar-se de ter um marido que possui uma amante tão bonita".

A forma mais construtiva de reagir é aquela que faz concessões e resulta num pedido de perdão originado de um arrependimento sincero. Muitos autores, aliás, consideram a manifestação de culpa um importante sinal de que o traidor se importa com o relacionamento. Em teoria, a culpa surge da empatia pelo sofrimento do outro; a dor da culpa, portanto, é que motivaria a reparação e o desejo de fazer o parceiro se sentir melhor. Uma vez que o indivíduo traído sente alívio quando o outro manifesta qualquer sentimento de culpa, presume-se que haja uma ligeira restauração do equilíbrio emocional que pode levar a uma conclusão satisfatória do problema.

Ou seja, a postura escolhida pelo infiel tem impacto essencial no desenrolar da história. Uma reação indiferente ou fria por parte do traidor pode levar ao desejo de vingança por parte do traído. Além disso, para muitos autores, somos mais propensos a perdoar quando a pessoa dá provas de que jamais vai cometer o mesmo erro. As mais variadas compensações, desde um singelo pedido de desculpas até uma indenização milionária, podem servir de estímulo à conciliação.

Segundo o psicólogo Nico Frijda, no ensaio "The Lex Talionis: On Vengeance", o desejo antigo e universal de vingar-se daqueles que nos prejudicaram é uma das paixões humanas mais fundamentais e potentes. Nos tempos antigos, era comum lidar com a injustiça através da vingança. Mesmo hoje, a atitude mais comum se presta a "zerar o placar" entre traidor e traído. Nesse sentido, a vingança e a culpa têm funcionalidades semelhantes, pois ambas ajudam a alocar a dor de forma mais equânime, como se o sofrimento do outro aliviasse a dor do primeiro. Dado que a humilhação causa uma dor tão profunda na autoestima e no status da pessoa atingida, vingar-se seria um meio de restaurar a dignidade e retomar o controle da situação. Outros objetivos da retaliação seriam expressar a profundidade da dor e desencorajar novas faltas.

Em termos atuais, quando se fala em vingança, não há limites para a inventividade humana: de prosaicos atos de desforra (como espalhar boatos e incendiar objetos) a rompantes de tortura e assassinato.

Notas esparsas

"E nem me fale em ser burra! Nem me fale!"
(NORA EPHRON, APÓS SER TRAÍDA PELO MARIDO COM UMA MULHER INACREDITAVELMENTE ALTA)

Três meses depois
15 DE AGOSTO DE 2011

A terceira vez que vi Tito foi por acaso, numa fila do McDonald's. Era o dia 15 de agosto, coincidentemente nosso aniversário de casamento ("A essa hora, há três anos, eu estava me casando na igreja, vestida de azul-marinho. Hoje estou comendo esta batata frita."). Eis que se materializa o falecido, pimpão e barbudo, na fila da lanchonete. Como se não houvesse outra opção, me levantei e fui falar oi, ressaltando a coincidência de nos trombarmos justamente naquele dia. Eu até que estava bonita, e ele estava com o zíper da calça aberto.

Notas esparsas

"'Nós devíamos trabalhar numa invenção de vingança', ela disse. [...] Seria assim: instalaríamos no quarto dele um pequeno aparelho de som que tocasse um *loop* infinito de zunido de mosquito. Mas a engenhoca só seria ativada no escuro, então toda vez que ele apagasse as luzes, o zunido começaria. Então ele acenderia as luzes para caçar o bicho, mas o mosquito não estaria lá. E assim por diante, até que camisas de força fossem necessárias."
(TOM RACHMAN, *THE IMPERFECTIONISTS*)

Quatro meses depois
SETEMBRO DE 2011

No último e mais impiedoso círculo da *Divina comédia*, de Dante Alighieri, os traidores são condenados a enfrentar o mais rigoroso frio, congelados até o pescoço num lago de gelo com tempestades polares soprando em seus rostos — "Ao pranto o mesmo pranto ali contende/ e a lágrima detida sobre o cílio,/ em gelo transformada, a dor estende", diz. Era uma punição por terem agido tão friamente com relação aos outros.

Anos atrás, uma mulher de Wisconsin promoveu no quintal de casa um "Bazar do Ex-Marido", onde distribuía gratuitamente os bens do sujeito. Ela também furou os pneus do carro dele e pintou na carroceria com spray a palavra "adúltero". Em 2010, o britânico Mark Vaughan flagrou a namorada beijando outro homem e decidiu botar fogo em todas as roupas dela. A fogueira festiva se deu no meio da rua e o homem traído aproveitou para assar algumas batatas. Mais recentemente, uma japonesa afogou na banheira uma dúzia de aparelhos da Apple pertencentes ao namorado traidor.

Outra boa história de vingança é a de uma mulher da Carolina do Norte que instalou um *outdoor* na rodovia com os seguintes dizeres:

"Michael,
Rastreador GPS: $250
Câmera Nikon com zoom: $1600
Flagrar meu marido adúltero e pagar este *outdoor* com a nossa poupança conjunta: Não tem preço."

Estratégia similar foi empregada pela americana YaVaughnie Wilkins: ela pagou pela instalação de enormes *outdoors* em Nova York, Atlanta e São Francisco, após descobrir que o namorado ainda era casado e pretendia se reconciliar com a esposa. Soterrado pela exposição pública, o empresário Charles Philips teve de sair da Oracle, perdeu o cargo de diretor no Morgan Stanley, renunciou ao posto de conselheiro presidencial e foi obrigado a admitir o caso extraconjugal perante as câmeras.

Uma moça ergueu uma faixa na frente de casa comunicando aos vizinhos que havia sido traída pelo marido e que, portanto, se mudaria do bairro. "Obrigada pelas ótimas lembranças!", escreveu. Outra enviou uma circular aos moradores das redondezas detalhando o histórico do vizinho adúltero e informando seu RG, endereço e nome completo.

Foram muitas as esposas que cortaram ou colaram o pênis de seus cônjuges após pegá-los no flagra. Uma australiana, posteriormente condenada a sete anos de prisão, cozinhou o membro de seu ex-marido numa mistura fervente de desinfetante, água sanitária, cera e mel.

Outras preferiram limpar a privada com suas escovas de dentes. Houve uma que costurou camarões crus — prestes a apodrecer — no forro da cortina da sala do ex; uma americana comeu os três peixinhos dourados do marido; outra invadiu a casa do traidor numa noite de verão, ligou o aquecedor central no máximo e colou o botão.

Deparando-se com uma traição, a advogada Kathryn George-Harries optou por destruir a casa inteira do cônjuge, grudando seus sapatos ao chão, rasgando suas roupas e cobrindo a cama com uma mistura de creme hidratante e mingau de aveia. Causou 18.500 libras em danos e foi condenada a seis meses de cadeia.

Em Porto Alegre, uma mulher anunciou nos jornais a morte do marido, com dados sobre o velório e o enterro. Telefonou aos colegas individualmente para dar a triste notícia, que teve de ser desmentida pelo próprio falecido. "Para mim, ele morreu", justificou a mulher, quando lhe perguntaram o motivo de suas ações.

Em maio de 2008, o inglês Paul Osborn, 44, descobriu que a esposa, Sharon, 43, estava tendo um caso com um colega de trabalho. Após pedir a separação, decidiu colocá-la à venda no eBay por um lance inicial de 1 centavo. Paul publicou uma foto da própria mulher, "mentirosa e adúltera", cutucando o nariz, e obteve uma oferta de 750 mil libras. Na descrição do produto a ser comercializado, incluiu o endereço do amante e os telefones dos envolvidos. (Posteriormente tudo foi retirado do ar.)

Já uma australiana pôs à venda no mesmo site uma calcinha de renda preta e uma embalagem de preservativos que encontrou na cama do marido, com quem estava casada havia 22 anos. Os preservativos eram de "tamanho pequeno", já a calcinha era tão grande que, segundo ela, talvez alguém quisesse "usar como xale". O valor sugerido: 99 centavos de dólar australiano. Ela prometeu que venderia também, pelo mesmo preço, a Harley-Davidson do marido traidor.

Mesmo as donzelas mais refinadas cedem à vingança; em 1992, lady Sarah Graham-Moon descobriu que o marido, sir Peter, estava mantendo um caso extraconjugal. Furiosa, despejou cinco litros de tinta branca na BMW do esposo, que estava estacionada no portão da amante. Também cortou um braço de cada um dos seus 32 ternos de alta alfaiataria e de alguns sobretudos de *cashmere*. Na sequência, foi à adega do marido e apanhou setenta caríssimas garrafas de vinho, que distribuiu graciosamente entre os vizinhos, deixando-as à porta junto com as garrafas de leite.

Após vinte anos de matrimônio, o marido de uma eslovena resolveu comprar um carro novo e pedir a separação, ao que ela reagiu arremessando um anão de jardim em direção ao possante. O anão bateu no para-brisa, quicou e aterrissou no asfalto. "Descreveu uma parábola comprida que foi como um arco no tempo e marcou o fim do nosso casamento", ela escreveu. Doada ao Museu dos Relacionamentos Malogrados (Museum of Broken Relationships), em Zagreb, na Croácia, a peça não tem nariz.

Em 1998, a namorada do golfista Nick Faldo resolveu se vingar de forma metalinguística: Brenna Cepelak golpeou o Porsche do ex-namorado com seus valiosos tacos de golfe.

Há também uma história de tolice consensual: em outubro de 2008, o casal cambojano Moeun Rim e Nhanh Rim decidiu que era hora de pôr fim ao casamento de quarenta anos. Sem ânimo de entrar num lento e oneroso processo jurídico de separação, concordaram em dividir (literalmente) os bens por conta própria: serraram a casa ao meio. Moeun Rim levou sua parte para o outro lado da aldeia, onde pôde começar vida nova.

Antes disso, um alemão já havia feito a mesma coisa em Sonneberg, mas dessa vez sem o consentimento da esposa.

Com vistas a atender esse vasto público ofendido, uma floricultura na Austrália lançou um "kit vingança" para enviar ao cônjuge faltoso, composto de treze rosas murchas e uma caixa de bombons derretidos.

Já o Museu de Relacionamentos Malogrados oferece cartões-postais vingativos, uma borracha gigante para apagar as más lembranças e um kit de lápis prontos para serem quebrados em um arroubo de fúria.

No campo da lei e da ordem, dizem que, em Hong Kong, uma mulher traída pode legalmente matar seu marido adúltero, mas deve fazê-lo apenas com as mãos. (Por outro lado, a amante do marido pode ser morta de qualquer outra maneira.)

Notas esparsas

"Parei de utilizar um linguajar apurado, sintonizado com os sentimentos alheios, e adotei uma forma sarcástica de me expressar."
(ELENA FERRANTE, *THE DAYS OF ABANDONMENT*)

Cinco meses depois
OUTUBRO DE 2011

Minha própria vingança foi desnecessariamente tola e ocorreu na última vez em que estive no apartamento, enquanto Tito e Anna viajavam pela Europa. Fui até lá buscar a correspondência e os últimos pertences que haviam ficado para trás e aproveitei para trocar uns objetos de lugar, sem motivo aparente. O objetivo era fazê-lo pensar que estava louco, ou no mínimo causar balbúrdia. Botei a escumadeira na gaveta de cuecas, uma lata de ervilhas na estante de livros, a pomada contra micose no lugar da pasta de dentes, um console de videogame dentro da secadora e uma meia no congelador. A única regra era que as trocas fossem aleatórias e não trouxessem em si nenhum significado ou associação profunda.

Pelo que fiquei sabendo mais tarde, a empregada pensou que fosse macumba e salpicou a casa com sal grosso.

Notas esparsas

"Fluctuat, nec mergitur —
É arremessado pelas ondas, mas não afunda."
(LEMA DA CIDADE DE PARIS)

Quase seis meses depois
7 DE NOVEMBRO DE 2011

Nos divorciamos na tarde de 7 de novembro, a quarta vez que o vi depois da separação. Ele ensaiou um monólogo de arrependimento, disse que sentia a minha falta todos os dias e que nunca encontraria ninguém como eu. "Mas você está namorando!", gritei, braços abertos de incredulidade.

Comecei a chorar, mas não de soluçar. Era aquele tipo de choro que a gente só percebe porque sente o rosto empapado, as lágrimas escorrendo aos montes como que de forma automática. Ele não chorou um único mililitro e manteve os olhos no chão, como se compungido. Pediu que eu não espalhasse a história do divórcio porque isso poderia prejudicar seus amigos, que, afinal de contas, não tinham culpa de nada, exceto de serem machistas, desprezíveis e um tanto hipócritas. Um dos mais ferrenhos inimigos do PDV havia descoberto parte da trama, estava ameaçando divulgá-la e eles temiam perder os empregos. Eu dei muita risada, mas por dentro fiquei séria e triste.

Tito só perdeu a calma uma vez, quando mencionei mais uma vez o que dissera o dr. Kennedy. Ele concluiu, sabiamente: "Você é que é anormal. O resto do mundo é assim, todo mundo mente. Você é que é anormal."

Notas esparsas

"O fato é que, por muito tempo, ser divorciada foi a coisa mais importante a meu respeito. Agora não é mais."
(NORA EPHRON, *I REMEMBER NOTHING*)

---

53 dias antes
1º DE ABRIL DE 2011, SEXTA-FEIRA

Passei o dia tentando adiantar ao máximo minha dissertação, pois pensava em chamar o Tito para sair à noite. Depois de trabalhar quatro horas sem parar, terminei o primeiro rascunho — e, com isso, a fase inicial do meu trabalho. Ainda assim, continuava com uma ansiedade difusa.

Ontem passei mal de novo, minha pressão caiu para oito por cinco e acabei não saindo. Hoje, quando o Tito chegou, me encontrou deitada no quarto, sem vontade de me levantar. Ele ficou irritado, disse que tinha marcado de tomar uma cerveja com o Leo e não daria tempo de sair para comer. Pedi que me fizesse companhia só até a padaria, ele ficou meio tenso, disse que tinha marcado com o amigo às nove, mas que de repente podia me levar até a esquina, se aquilo fosse me animar.

No fim das contas, consegui convencê-lo a me esperar terminar o lanche, então ele foi embora de táxi e eu voltei para casa.

Ainda estava ansiosa e deprimida, então decidi trabalhar mais um pouco. De madrugada, como o Tito ainda não tinha voltado, assisti a um filme antigo. Tive insônia, li um pouco, fiquei nervosa sem razão e, lá pelas quatro e meia da manhã, consegui pegar no sono.

O Tito chegou já de manhã, me deu um beijo e se deitou, de camisa e tudo. Estava cheirando a cerveja. Disse que havia encontrado uns amigos no bar e passara a noite toda bebendo e conversando. Eu perguntei se tinha sido divertido. Ele disse que sim, muito.

Uma hora depois, acordei encharcada de febre — sem motivos.

REFERÊNCIAS

AKHMÁTOVA, ANNA. "NOITE". IN: *ANTOLOGIA POÉTICA*. TRADUÇÃO DE LAURO MACHADO COELHO. PORTO ALEGRE: L&PM, 2009.

ALIGHIERI, DANTE. *DIVINA COMÉDIA*. TRADUÇÃO DE JOÃO TRENTINO ZILLER. CAMPINAS: EDITORA DA UNICAMP, 2010.

AMOR NA TARDE. DIREÇÃO DE BILLY WILDER. SÃO PAULO: WARNER BROS., 1957. 1 DVD (2H10), SON., COL. ÁUDIO ORIGINAL EM INGLÊS.

BARNES, JULIAN. *LEVELS OF LIFE*. NOVA YORK: KNOPF, 2013.

BENEDETTI, MARIO. *A TRÉGUA*. TRADUÇÃO DE JOANA ANGÉLICA D'AVILA MELO. RIO DE JANEIRO: OBJETIVA, 2007.

BOCAGE, MANUEL MARIA BARBOSA DU. *RIMAS: VOLUME 1*. LISBOA: NA OFFICINA DE SIMÃO THADDEO FERREIRA, 1800. DISPONÍVEL EM: HTTPS://PLAY.GOOGLE.COM/STORE/BOOKS/DETAILS?ID=RDWFAAAAQAAJ&RDID=BOOK-RDWFAAAAQAAJ&RDOT=1. ACESSO: 28/8/2015

CUPIDO NÃO TEM BANDEIRA. DIREÇÃO DE BILLY WILDER. SÃO PAULO: MGM, 1961. 1 DVD (1H55), SON., COL. ÁUDIO ORIGINAL EM INGLÊS.

CUSK, RACHEL. *AFTERMATH: ON MARRIAGE AND SEPARATION*. NOVA YORK: FARRAR, STRAUS AND GIROUX, 2012.

ELIOT, T.S.; GOREY, EDWARD (ILUS.). "MACAVITY: THE MYSTERY CAT". IN: *OLD POSSUM'S BOOK OF PRACTICAL CATS*. FLÓRIDA: HARCOURT, BRACE AND COMPANY, 1982.

EPHRON, NORA. *HEARTBURN*. LONDRES: HACHETTE DIGITAL, 2004.

EPHRON, NORA. *I REMEMBER NOTHING*. NOVA YORK: KNOPF, 2010.

FERRANTE, ELENA. *THE DAYS OF ABANDONMENT*. NOVA YORK: EUROPA EDITIONS, 2005.

FITNESS, JULIE. "BETRAYAL, REJECTION, REVENGE, AND FORGIVENESS: AN INTERPERSONAL SCRIPT APPROACH". IN: LEARY, MARK R. (ORG.): *INTERPERSONAL REJECTION*. NOVA YORK: OXFORD UNIVERSITY PRESS, 2001.

FITZGERALD, F. SCOTT. *THE BEAUTIFUL AND DAMNED*. NOVA YORK: OXFORD UNIVERSITY PRESS, 2009.

FITZGERALD, F. SCOTT. *O GRANDE GATSBY*. TRADUÇÃO DE VANESSA BARBARA. SÃO PAULO: COMPANHIA DAS LETRAS, 2011.

FITZGERALD, F. SCOTT. "THE LEES OF HAPPINESS". *IN: TALES OF THE JAZZ AGE*. S.L.: PROJECT GUTENBERG, 2004. DISPONÍVEL EM: HTTP://SELF.GUTENBERG.ORG/WPLBN0002932782-TALES-OF-THE-JAZZ-AGE--CHAPTER-11--THE-LEES-OF-HAPPINESS-BY-FITZGERALD-F-SCOTT.ASPX ACESSO: 20/8/2015.

FLYNN, GILLIAN. *GAROTA EXEMPLAR*. TRADUÇÃO DE ALEXANDRE MARTINS. RIO DE JANEIRO: INTRÍNSECA, 2013.

FRIJDA, NICO H. "THE LEX TALIONIS: ON VENGEANCE". *IN:* VAN GOOZEN, S.H.M.; VAN DE POLL, N.E.; SERGENAT, J.A. (EDS.): *EMOTIONS: ESSAYS ON EMOTION THEORY*. NOVA YORK: PSYCHOLOGY PRESS, 2014.

GLADWELL, MALCOLM. *BLINK: THE POWER OF THINKING WITHOUT THINKING*. LONDRES: PENGUIN BOOKS, 2006.

GOLDMAN, FRANCISCO. *SAY HER NAME*. LONDRES: GROVE PRESS UK, 2011.

HALL, DONALD. *THE BEST DAY THE WORST DAY: LIFE WITH JANE KENYON*. NOVA YORK: HOUGHTON MIFFLIN COMPANY, 2005.

INFERNO Nº 17. DIREÇÃO DE BILLY WILDER. BARUERI, SÃO PAULO. PARAMOUNT PICTURES, 1953. 1 DVD (2H), SON., P&B. ÁUDIO ORIGINAL EM INGLÊS.

LERNER, ALAN JAY; LANE, BURTON. "HOW COULD YOU BELIEVE ME WHEN I SAID I LOVED YOU WHEN YOU KNOW I'VE BEEN A LIAR ALL MY LIFE?". *IN:* FRED ASTAIRE AT THE MOVIES VOL. 5. TRADUÇÃO DE VANESSA BARBARA PARA ESTA OBRA. IDEAL MUSIC, 2013. 1 CD. FAIXA 4 (4MIN39S).

LEWIS, C.S. *A GRIEF OBSERVED*. LONDRES: FABER&FABER, 2012.

MONTEFIORE, SIMON. *STÁLIN: A CORTE DO CZAR VERMELHO*. TRADUÇÃO DE PEDRO MAIA SOARES. SÃO PAULO: COMPANHIA DAS LETRAS, 2006.

NINOTCHKA. DIREÇÃO DE ERNST LUBITSCH. SÃO PAULO: WARNER HOME VIDEO, 1939. 1 DVD (1H55), SON., P&B. ÁUDIO ORIGINAL EM INGLÊS.

OATES, JOYCE CAROL. *A WIDOW'S STORY: A MEMOIR*. NOVA YORK: HARPERCOLLINS E-BOOKS, 2011.

O ESTRANHO. DIREÇÃO DE STEVEN SODERBERGH. BARUERI, SÃO PAULO: EUROPA FILMES, 2001. 1 DVD (1H29), SON., COL. ÁUDIO ORIGINAL EM INGLÊS.

O PESCADOR DE ILUSÕES. DIREÇÃO DE TERRY GILLIAM. SÃO PAULO: SONY PICTURES, 1991. 1 DVD (2H17), SON., COL. ÁUDIO ORIGINAL EM INGLÊS.

RACHMAN, TOM. *THE IMPERFECTIONISTS*. LONDRES: QUERCUS BOOKS, 2011.

SE MEU APARTAMENTO FALASSE. DIREÇÃO DE BILLY WILDER. SÃO PAULO: FOX, 1960. 1 DVD (2H05), SON., P&B. ÁUDIO ORIGINAL EM INGLÊS.

SHAKESPEARE, WILLIAM. *HAMLET*. NOVA YORK: SIGNET CLASSICS, 1986.

SHAKESPEARE, WILLIAM. "SIGH NO MORE, LADIES, SIGH NO MORE". *IN: MUCH ADO ABOUT NOTHING*. EDIMBURGO: DOVER PUBLICATIONS, 1994.

SHAKESPEARE, WILLIAM. *OTHELLO*. EDIMBURGO: BLACK AND WHITE PUBLICATIONS, 2015.

THE WIRE: A ESCUTA. CRIAÇÃO DE DAVID SIMON. BRASIL, HBO, 2002-08. SÉRIE DE TV.

TRILLIN, CALVIN. *SOBRE ALICE*. TRADUÇÃO DE GUILHERME VELLOSO. RIO DE JANEIRO: GLOBO, 2007.

UMA LOURA POR UM MILHÃO. DIREÇÃO DE BILLY WILDER. SÃO PAULO: MGM, 1966. 1 DVD (2H05), SON., COL. ÁUDIO ORIGINAL EM INGLÊS.

VIGNA, ELVIRA. *NADA A DIZER*. SÃO PAULO: COMPANHIA DAS LETRAS, 2010.

VONNEGUT JR., KURT. *MATADOURO Nº 5*. TRADUÇÃO DE GEORGE GURJAN. RIO DE JANEIRO: ARTENOVA, 1972.

ZOLA, ÉMILE. "NAÏS MICOULIN". *IN*: RIEDEL, DIAULAS (ORG.): *MARAVILHAS DO CONTO FRANCÊS*. SÃO PAULO: CULTRIX, S.D.

WAUGH, EVELYN. *A HANDFUL OF DUST*. LONDRES: PENGUIN BOOKS, 1997.

CRÉDITOS IMAGENS

P.17
AP PHOTO/ BOB DAUGHERTY

P.48
© ELLIOTT ERWITT/ MAGNUM PHOTOS/ LATINSTOCK

P.61
ARQUIVO PESSOAL VANESSA BARBARA

P.70
AP PHOTO/ PHELAN M. EBENHACK. IMAGEM MANIPULADA.

P.77
CALVIN & HOBBES, BILL WATTERSON © 1987 WATTERSON/ DIST. BY UNIVERSAL UCLICK

P.146
GENE FORTE/ CONSOLIDATED/ GETTY IMAGES

P.181
PAT OLIPHANT © 1994 PAT OLIPHANT/ DIST. BY UNIVERSAL UCLICK

P.211
AFP/ GETTY IMAGES

COPYRIGHT © 2015 BY VANESSA BARBARA

REVISÃO
EDUARDO CARNEIRO
VANIA SANTIAGO

CAPA, PROJETO GRÁFICO
E DIAGRAMAÇÃO
CLAUDIA WARRAK

FOTO DA AUTORA
ARQUIVO PESSOAL

FOTO DE CAPA
BERT HARDY/ GETTY IMAGES

CIP-BRASIL. CATALOGAÇÃO NA FONTE
SINDICATO NACIONAL DOS EDITORES DE LIVROS, RJ

B1840
BARBARA, VANESSA
OPERAÇÃO IMPENSÁVEL / VANESSA BARBARA. —
2ª ED. — RIO DE JANEIRO: INTRÍNSECA, 2015.

ISBN 978-85-8057-856-0

1. ROMANCE BRASILEIRO. I. TÍTULO.

15-26052   CDD: 869.93
                        CDU: 821.134.3(81)-3

[2015]
TODOS OS DIREITOS DESTA EDIÇÃO RESERVADOS À
EDITORA INTRÍNSECA LTDA.
AV. DAS AMÉRICAS, 500, BLOCO 12, SALA 303
22640-904 — BARRA DA TIJUCA
RIO DE JANEIRO— RJ
TEL./FAX: (21) 3206-7400
WWW.INTRINSECA.COM.BR

1ª EDIÇÃO
OUTUBRO DE 2015

REIMPRESSÃO
JANEIRO DE 2025

IMPRESSÃO
LIS GRÁFICA

PAPEL MIOLO
PÓLEN NATURAL 70 G/M²

PAPEL CAPA
CARTÃO SUPREMO ALTA ALVURA 250 G/M²

TIPOGRAFIAS
GROTESQUE
LUCIDA SANS TYPEWRITER
OCRB ALTERNATE